[美]劳拉·英格斯·怀德 / 著

[美]伽思·威廉姆斯 / 图

黄荣 / 译

南来寒 / 主编

纽伯瑞儿童文学奖
获奖作品精选

14

漫长的冬季

南京大学出版社

图书在版编目(CIP)数据

漫长的冬季 / (美)劳拉·英格斯·怀德著；黄荣译. -- 南京：南京大学出版社，2020.9
(纽伯瑞儿童文学奖获奖作品精选 / 南来寒主编)
ISBN 978-7-305-23053-0

Ⅰ. ①漫… Ⅱ. ①劳… ②黄… Ⅲ. ①儿童小说－长篇小说－美国－现代 Ⅳ. ①I712.84

中国版本图书馆CIP数据核字(2020)第044098号

出版发行　南京大学出版社
社　　址　南京市汉口路22号　　　邮　编　210093
出 版 人　金鑫荣
项 目 人　石　磊
策　　划　刘红颖

丛 书 名　纽伯瑞儿童文学奖获奖作品精选
书　　名　漫长的冬季
著　　者　[美]劳拉·英格斯·怀德
绘　　者　[美]伽思·威廉姆斯
译　　者　黄　荣
主　　编　南来寒
责任编辑　洪　洋
助理编辑　张倩倩
责任校对　焦　芸
终审终校　荣卫红
装帧设计　谷久文

印　　刷　山东润声印务有限公司
开　　本　889×1320　1/32　印张 7.25　字数 230千
版　　次　2020年9月第1版　2020年9月第1次印刷
ISBN 978-7-305-23053-0
定　　价　29.80元

网　　址：http://www.njupco.com
官方微博：http://weibo.com/njupco
官方微信号：njupress
销售咨询热线：(025)83594756

　　纽伯瑞儿童文学奖（Newbery Medal），又称
纽伯瑞奖。1922年由美国图书馆学会（American
Library Association）的分支机构——美国图书馆儿童
服务学会（Association for Library Service to Children)
创设，旨在表彰那些为美国儿童文学做出杰出贡献
的作者们。该奖每年颁发一次，专门奖励上一年度
出版的英语儿童文学优秀作品。每年颁发金奖一部、
银奖一部或数部。自设立以来，已评出数百部优秀
的儿童文学作品。纽伯瑞儿童文学奖已成为美国乃
至世界公认的儿童文学大奖。

内 容 简 介

　　长达七个月的严冬、鬼哭狼嚎的北风、飞旋狂舞的暴雪、阴冷黑暗的小镇。看不见隔壁的灯光，听不清彼此的对话。瞧不见太阳与月亮，分不清黑夜与白天。仅靠一点小麦，仅剩一点土豆，等不到火车，闻不见肉味，嗅不着奶香……这是何等艰苦难熬的生活。

　　我们看到，英格斯一家团结一致，苦中作乐。拉拉琴儿唱唱歌，拧拧干草磨磨麦，任凭屋外狂风暴雪，屋内始终情暖意融。数不清的暴风雪令人昏昏欲睡，模糊了视线，混沌了脑子。然而，希望常在，只要坚持到底，终究能等到火车，盼来春天。

目 录

1. 晒草要趁太阳好

割草机隆隆作响，欢快地驰骋在棚屋南面的老水牛泥坑里。这儿的蓝茎草又厚又高，爸爸正把它们割下来，晒成干草。

大草原闪闪发光，热浪滚滚，一望无际的蓝天不由得抖了抖身子。日落时分已近，烈日仍如中午艳阳般炙烤大地，刮起阵阵热风。爸爸还要继续割草，待夜幕降临才肯回家休息。

大泥潭边有一口井，劳拉打起满满一桶水，浇向一个热得发烫的棕色水壶。待水壶冷却之后，她往里灌上满满一壶甘甜的凉水，塞紧木塞，朝干草地走去。

小径上，一群群小蝴蝶翩翩起舞，洁白无瑕。一只蜻蜓追着小虫儿飞，双翼如纱。花纹鼠在草儿残株上蹦蹦跳跳，很是快活，却突然间四散而逃，钻进洞穴。只见一个黑影嗖的一声划过，劳拉抬头看见一只鹰，目光敏锐，脚爪锋利。还好花纹鼠都已经安安全全躲进洞里啦。

看见劳拉带着水壶过来，爸爸露出了开心的笑容。他从割草机上一跃而下，喝了满满一大口水。"啊！正合我意！"说完又抬起水壶，咕噜咕噜往嘴里灌水。然后塞回木塞，放在地上，并用新割下的草捂住它。

"这太阳真猛，简直让人想种排小树乘乘凉。"爸爸就爱开玩笑，其实他很庆幸四周没树。每年夏天清理大森林，他都要砍掉好多树木。如今，在

这片达科塔草原上，见不到一棵大树，挖不到一棵嫩芽，更别提遮阴避暑了。

"工作前热热身子，总归是好的！"爸爸精神抖擞，吆喝着马儿山姆和大卫，"驾！驾！"马儿拖着沉重的割草机，缓慢前进。细长锋利的钢铁刀片缓缓地割向青草，发出隆隆的呐喊声。高高的草儿瞬间倒下了，平静地躺在地上。爸爸端坐在高高的铁凳子上，手握控制杆，目视一切。

劳拉坐在草地上，看着爸爸来回割草。太阳炙烤着青草，散发出阵阵芳香，俨如烤面包的香味。棕黄相间的小小花纹鼠又开始上蹿下跳了，围着劳拉打圈圈。鸟儿欢快地扇动翅膀，一蹦一跳，轻巧地落在弯弯的草秆上。一条花纹蛇在青草海洋里扭动身子，畅快游动。劳拉蹲坐在地上，膝盖顶着下巴，缩成一团。当小蛇抬起头，盯着这扇"印花棉布裙子"的高墙时，劳拉突然觉得自己大得像一座山。

花纹蛇的眼睛圆滚滚，仿佛两颗闪亮的珍珠。它的舌头飞快舞动，好似一道细小的蒸汽流。它的花纹耀眼夺目，却不缺几分温柔。劳拉知道，花纹蛇无毒无害，是农场的好帮手——因为它们会吃掉破坏农作物的害虫。

小蛇低下头，来了一个完美的九十度转弯。因为知道自己无法爬过劳拉这座大山，所以它绕过劳拉，消失在草丛里。

"隆隆隆"，割草机的声音越来越大。马儿慢慢走过来了，一步一点头，就快撞上劳拉了！"嘿！"劳拉大叫一声，马儿大卫吓得跳了起来。

"喔！"爸爸吓了一跳，"劳拉！我还以为你走了。干吗像只小鸡一样躲在草丛中？"

"爸爸，"劳拉回答道，"为什么不让我帮忙晒干草？让我留下来吧，求求您了爸爸。"

爸爸摘下帽子，露出汗水浸湿的头发。他十指来回划动发梢，拉起发尾，待风儿从头发间隙吹过。"丫头，你还小，力气不够大。"

"我都快十四岁了，"劳拉说道，"我可以帮上忙的，爸爸，我真的可以。"

割草机太昂贵，爸爸已经没有钱可以请帮工了。他也无法跟别人换着活儿干，因为这里只有几户农场主，大伙都在自家地里忙上忙下。但是，他确实需要人帮忙堆草料。

"那好吧，或许你真的能帮上忙，我们就试试吧！我们自己来晒干草！"爸爸说。

劳拉知道，这个建议大大减轻了爸爸的思想负担。她迅速跑回棚屋，把事情一五一十地告诉妈妈。

"你能行吗？"妈妈有些迟疑。她不希望女儿在地里干活，只有外国女人才这么做。母女都是美国人，才不干男人的活儿呢。但是，有了劳拉的帮忙，晒干草就不再是个难题。所以考虑再三，妈妈决定了，"好吧，劳拉，你去吧。"

凯莉也急切地提出要帮忙。"我会送水给你们喝。我已经长大了，提得起水壶了！"瘦小的凯莉有十岁的年龄，却没有十岁的样子。

"我呢，以后做完我那份家务活，就把你们的一起做完。"玛丽也兴奋地提出帮忙。尽管眼睛看不见，玛丽很骄傲，自己终于能够赶上劳拉，成为一名洗碗铺床小能手了。

烈日炙烤，热风呼啸，草儿的伤口很快便痊愈了。爸爸第二天就把它们耙起来，拢成长长的干草列，然后堆成大大的干草垛。第三天一大早，透着黎明的凉气，听着草原百灵鸟的歌唱，劳拉站在干草架内，跟随爸爸朝着草地出发了。

爸爸走在四轮马车旁边，赶着马儿在干草垛中间行走。每经过一个干草垛，马儿停下来，爸爸将干草耙到架子内。每当干草松散地滑进高高的木架边缘时，劳拉就把它踩实。上上下下，来来回回，劳拉使出浑身力气踩平干草。一耙一耙的干草在空中飞舞，掉落在架子上的干草总是不老实地抬起头来。马车驶向下一个干草堆了，劳拉依然在踩踩踩。接着，爸爸又从另一边耙起更多干草。

　　脚下的干草越积越高，劳拉用力地踩踩踩，一心想让干草更结实点。从下往上，从外到内，劳拉在干草架的四周打转，一脚一脚地朝干草踩下去，真是快准狠！阳光越来越猛烈，干草的清香扑鼻而来。它们可真不老实，踩在脚下的一直在抬头，空中飞舞的不断在滑落。

　　劳拉越踩越高，她的头已经高出干草架边缘了。如果不用干活儿，她本可以好好欣赏这片大草原美景。不容多想，架子已经装满干草，而爸爸仍在一把一把地往里运。

　　此时，劳拉已经站在很高的位置上，四周的干草不停地滑落，而她依然小心翼翼地将它们踩在脚下。汗水浸湿了她的脸颊和脖子，沿着背部细细地流下来。太阳帽被风吹落，悬挂在脖子上。劳拉美丽的发辫已经散开，棕色长发在风中飞舞。

爸爸跳上横木，一脚踩在马儿大卫的臀部上，往上一蹬，爬上了干草架。

"干得很好，劳拉！"他说道，"你踩得真结实，我们的马车可是满载而归啊。"

劳拉躺在热烘烘的干草上，而爸爸则把车拉到马厩旁边。劳拉溜下来，躲在马车的阴影下休息。爸爸将一些干草耙到地上，跳下来，将其均匀地铺成一个大圆底。然后他又爬上干草架，一叉一叉地扔下更多干草，再跳下来将干草平铺在大圆底上，踩严踩实。

"我来铺草吧，爸爸，"劳拉说，"这样你就不用爬上爬下了。"

爸爸往后推了推帽子，靠在干草叉上，"确实，堆草垛需要两个人一起干。我这样跳上跳下非常耗时。你愿意帮忙，我已经很开心，但你还不够大，丫头。"劳拉不服气，最后爸爸只能说，"好好好，看你有多大本事。"下一趟马车载满草料回来时，爸爸递给劳拉一支干草叉，让她试试。这把长长的叉子比劳拉还高，她根本不知道该怎么使用，只能笨手笨脚地舞上舞下。尽管如此，当爸爸朝马车外扔草堆时，劳拉还是努力将它们铺好。她围着草垛又拍又打地绕圈圈，好让它紧实点。虽然劳拉很努力了，爸爸还是得帮几把手。

如今，太阳爬到更高的位置，气温上升，热风阵阵。踩草堆时，劳拉的双腿瑟瑟发抖。还好在往返草场和草垛的途中，她能够休息片刻。劳拉感到口干舌燥，满脑子就想喝水。时间过得真漫长，好不容易熬到了十点，终于看见小凯莉提着半瓶水过来了。

爸爸告诉劳拉，第一口不能喝太多。凉凉的清水下肚，喉咙一片清爽。突然，劳拉惊讶地瞪大双眼。凯莉拍拍双手，大喊大笑，"别告诉爸爸，劳拉，让他自己尝尝！"

原来，这是妈妈的特制姜水！她往凉凉的井水里面加入糖和醋来调味，还放了大量姜汁来暖胃。这样一来，劳拉和爸爸就能一直喝到解渴为止。这么热的天，喝凉水会生病，喝姜水既解渴又健康。几口姜水下肚，劳拉瞬间觉得今天不再寻常，毕竟这是她第一个晒干草的日子。

正午时分，干草已经拖回，草垛已经堆好。爸爸负责封顶，因为这需要很好的技术，干草垛才不会被雨水淋湿。

父女俩回到棚屋时，午饭已经准备好了。妈妈心疼地看着劳拉，"晒干草对她而言太辛苦了，你不觉得吗，查尔斯？"

"不不！她结实得就像一匹法国小马，真是给我帮了大忙！"爸爸回答说，"如果没有劳拉，我要干上一天才能堆完草垛。而如今，下午我还能去地里割割草。"

劳拉很自豪。尽管腰酸背痛腿抽筋，当晚翻来覆去，辗转难眠，泪如泉涌，但是她并没有告诉任何人。

每当爸爸割完青草，运回干草后，劳拉就会帮忙堆草垛。她的手脚渐渐习惯了劳作，疼痛也就减轻了不少。看着亲手堆起的草垛，劳拉满心欢喜。在父女俩的共同努力下，马厩边出现了两个圆圆的草垛，马厩顶部出现一个长长的草垛。除此之外，还有三个大大的草垛呢。

"现在，高地上的干草都割完了，我想去割割大泥潭里的草。"爸爸说，"这不用什么成本，待明年春天，新一批移民到来时，或许还能卖点钱。"

说干就干，爸爸开始割掉大泥潭内又粗又高的草，劳拉则帮忙堆垛。这可比蓝茎草要重得多，仅仅用干草叉，劳拉无法驯服这群顽皮的野草，不过踩实还是没问题的。

有一天，爸爸爬到干草架之上，劳拉告诉他："您漏了一个干草垛，爸爸。"

"真的吗？"爸爸一脸惊讶，"在哪里？"

"在那儿，高高的野草里面。"

爸爸朝着劳拉所指的方向望过去，"这可不是干草垛啊，丫头，这是麝鼠窝。"他的视线停留了片刻，"我想过去看看，你想去吗？马儿就留在这儿吧，它们不会乱跑的。"

爸爸披荆斩棘，在高大粗糙的野草中开出一条路，劳拉紧随其后。脚下的泥土湿漉漉软绵绵的。野草根部淹没在大大小小的水坑里。劳拉只能看见爸爸的背部，以及周围比她还高的野草。脚下的泥土越来越湿滑，劳拉小心翼翼地选好每个落脚点。突然间，水域渐宽，她眼前出现了一个波光粼粼的池塘！

麝鼠窝坐落在池塘边缘，看上去比劳拉还高，她的双手根本抱不过来。它的四周和顶部都是圆形的，有棱有角，粗糙不已，呈灰白色。麝鼠将干草咬碎，与泥土混合，形成天然的石膏料。它们将房子建得既结实又平稳，还认真地修缮顶部，以便遮风挡雨。

麝鼠窝没有门，四周没有小路。在周围的野草残株里，在泥泞的池塘岸边，不见任何脚印。无从得知，麝鼠是如何进出房子的。

爸爸说，在这些厚实而平静的围墙里面，住着熟睡的麝鼠一家。每个成员都蜷缩在自己的小房间里面，内有青草做装饰，既舒服又好看。每个房间都有一扇圆圆的小门，通向一个倾斜大厅。连通房子的走廊弯弯曲曲，从上往下，止于一潭黑水，那便是麝鼠家的前门。

夕阳西下，麝鼠醒来，沿着滑溜溜的泥土地板，啪啪啪地穿过走廊，跳进黑水，游到池塘，徜徉在夜空之下，享受大自然的狂野与辽阔。借着星光或月光，麝鼠在池塘内游泳，在岸边玩耍，啃咬水生植物和野草的根、茎与叶子。天色蒙蒙亮，可怕的黎明即将到来，麝鼠便开始回家。它们再次跳进水里，穿过前门，拖着湿漉漉的身子，爬上走廊的斜坡，回到各自的房间，舒舒服服地睡大觉。

劳拉将双手放在麝鼠窝的墙上。在烈日的炙烤下，在热风的吹拂中，粗糙的石灰膏热得发烫。然而，在这扇厚重的泥墙内，在那个黑暗的世界里，空气一定是凉飕飕的。一想到睡在里面的麝鼠，劳拉就很开心。

爸爸却摇摇头，悲观地说：“这个冬天肯定不好过。”

“您怎么知道？”劳拉有些诧异。

“冬天越冷，麝鼠的围墙就越厚。”爸爸告诉劳拉，“我从没见过这么厚实的麝鼠窝。”

劳拉再次看向这座房子，它确实很坚固，确实很高大。但是这会儿，太阳仍如一团火球，透过劳拉那褪色轻薄的印花棉布衣服，炙烤着她的肩膀；但是这会儿，热风仍不停地吹，呼呼声不绝于耳；但是这会儿，野草被烤焦的味道，远远重过泥潭的湿土气息……此情此景，劳拉根本无法想象冰天雪地之景，无法感受刺入骨髓之寒。

“爸爸，麝鼠怎么会知道？”她问道。

“我也不清楚。”爸爸说，“但它们就是知道，或许是上帝告诉了它们。”

“为什么上帝不告诉我们呢？”劳拉持续追问道。

“因为，”爸爸说，“我们不是动物，我们是人类！《独立宣言》告诉我们，人生而自由。这就意味着，我们要懂得自己照顾自己。”

劳拉一脸失望，“我还以为上帝会照顾我们呢。”

“他当然在照顾我们，”爸爸说，“我们都在做正事，不是吗？上帝给予我们善良的内心、分辨是非的脑子，让我们做自己高兴的事情。这就是我们和其他生物的区别。"

"麝鼠不能随心所欲吗？"劳拉好奇地问道。

"不能。"爸爸说道，"我也不清楚具体原因。你看看麝鼠的房子，它们都长这样，以前是这样，以后也不会变。相比之下，人类可以建造各式各样的房子，只要他想得到，就能做得到。所以，如果他的房子不能遮风避雨，这也是他自己的选择。人是自由而独立的。"思忖片刻后，爸爸猛一回头，"跟我来，丫头。趁着太阳好，我们快晒草。"

爸爸眨了眨眼睛，劳拉笑了起来，因为太阳正不留余力地炙烤大地，冬天哪能那么早就到来呢？但是那个下午，他们都清醒地意识到了一件事情。

麝鼠建造了一栋墙壁厚实、温暖无比的房子来抵御寒冬，而他们的棚屋是由轻薄的木板建成。在夏日的暴晒之下，木板条已经有些收缩了，难以遮盖墙壁上的大裂缝。仅靠薄木板和焦油纸怎么能建造一个温暖的小窝来抵御严冬？

2. 小 镇 差 事

九月的一个清晨，青草穿上了洁白的霜大衣。太阳公公一探头，大衣徐徐滑落。劳拉推开窗户，迎来一个阳光明媚的上午。早饭时，爸爸说今年霜下得这么早真不寻常。

"白霜会伤害干草吗？"劳拉好奇地问爸爸。"这倒不会。这点小霜冻只会让草干得更快。但我们最好加快步伐，因为过不了多久，天气就不适合晒干草了。"

整个下午，爸爸在大泥潭内割青草，忙东忙西，一刻不停，顾不上喝几口劳拉带过来的水。

"把它放起来，丫头，"爸爸将水壶递还给劳拉，"太阳下山前，我一定要割完这块地。"他吆喝马儿加速前进，山姆和大卫拖着割草机，隆隆隆地重新出发。突然间，机器"哗啦哗啦"地作响，爸爸大喊："喔喔喔！"

劳拉飞快地跑过去一探究竟。此时，爸爸正盯着切割器，一条裂缝出现在那排闪亮的钢铁锯齿上，原来切割器失去了一颗牙齿！爸爸捡起掉落的割片，却怎么也装不上去了。

"这没法修了，要买个新的。"爸爸说。

发生这样的事也是没小法，爸爸思忖片刻后说道："劳拉，你去趟镇里的富勒五金店，买个新割片回来。我不想浪费宝贵的时间，现在还能多多少

11

少割点草，但你要快去快回。妈妈会给你五分钱。"

"好的，爸爸。"话虽如此，一想到小镇人挤人的场景，劳拉还是咽了咽口水。不是害怕，只是那么多陌生的眼睛盯着她看，怪不舒服的。

匆匆回家的路上，劳拉心想，她可以穿上那件干净的印花棉布裙子和那双美丽的鞋子。或许妈妈还肯让她戴上那条漂亮的周日发带，还有玛丽那顶刚烫好的太阳帽。

"我要去一趟小镇，妈妈。"劳拉跑进屋内，上气不接下气。

凯莉和玛丽竖起耳朵，听她解释。就连格蕾丝都抬起头，用她那双又大又亮的蓝眼睛盯着劳拉，姐姐为什么要去小镇？

"我也想去，跟你做个伴。"凯莉自告奋勇地说道。

"可以吗，妈妈？"劳拉很是兴奋。

"只要不用劳拉姐姐等你，你就可以去。"妈妈同意了。

两姐妹迅速换上干净的衣服，穿上漂亮的长筒袜和鞋子。但妈妈不同意让劳拉戴发带，因为今天不是周日。她还说，劳拉必须戴自己的太阳帽。

"平时不用心，帽子不干净！"妈妈说得有道理。因为长期挂在背后，劳拉的太阳帽皱皱巴巴，又破又旧，连系带也变得松松垮垮。只怪自己平时不够爱惜它。

妈妈从爸爸的钱包里面掏出五分钱，递给劳拉。两姐妹随即出发去小镇了。

她们沿着爸爸的车辙辘痕迹，一步一步往前走，经过熟悉的水井，走下长满野草的干滑坡，进入湿滑的大泥潭，穿过高高的野草地，爬上一座小山坡，到达草原的另一面。哇，好一片闪闪发亮的大草原！哇，好一阵狂野呼啸的大暖风！劳拉心生欢喜，多么希望不用进城啊。小镇建筑的装饰墙道貌岸然，背后的商店却小得可怜，真是虚伪！

步入热闹的小镇主干道，劳拉和凯莉一声不吭。商店门廊上站了一些人，拴马柱上系着两队载货马车。大街的另一边很冷清，爸爸的商店孤零零地站在这里。这个店铺已经租出去了，两个男人正在里面聊天呢。

劳拉和凯莉走进五金店，内有一人坐在钉桶上，一人坐在犁头上。见到两姐妹走进来，他们停下谈话。账台后面的墙上挂着亮闪闪的锡制锅、桶和灯。

劳拉说："爸爸让我们来买一个割草机的刀片，请您卖给我。"

坐在犁头上的售货员起身了，"他弄坏了零件，是吧？"劳拉回答道："是的，先生。"

售货员拿起一个三角割片，既闪亮又锋利。劳拉看着他用纸将割片包裹起来。想必眼前这个人便是富勒先生。劳拉递给他五分钱，提起包裹，谢过老板，带上凯莉，走出商店。

终于完成这个差事了！两姐妹依旧一声不吭，直到离开小镇。凯莉兴奋地夸姐姐："干得漂亮，劳拉！"

"噢，不就是买东西吗？这没什么。"劳拉说。

"我知道，但人们盯着我看时，我总觉得很好玩。我不害怕……就是……就是有点不自在。"凯莉说。

"没有什么好怕的，"劳拉说道，"什么都吓不倒我们！"而后她又告诉凯莉，"其实，我跟你有同样的感觉。"

"真的吗？可你看起来那么淡定。有你在，我总是感到很安全。"凯莉说。

"我会照顾你，所以你很安全呀。我要努力成为一个好姐姐。"劳拉回答说。

"我知道，我的好姐姐！"凯莉满心欢喜。

路上有个伴，感觉十分棒。为了保护鞋子，她们没有走满是灰尘的马车道，而选择了中间一条难走的小径。这里野草丛生，估计只有马蹄才能踩倒这群顽固分子。两姐妹虽然没有手拉手，然而在心里，他们十根可爱的小手指早已交叉在一起。

从劳拉记事起，自己就有个妹妹叫凯莉。一开始，她只是个小宝宝，后来她成为凯莉宝贝，之后又多嘴又黏人，整天追问"为什么"。转眼间，十岁的凯莉都可以做姐姐了！如今，她们已经可以离开爸妈，结伴同行出来买东西了。差事干完，一身轻松。头顶有太阳，面前有热风，草原在四周，一望无边际。真是舒服自在，无拘无束啊！

"还要走很久，才能找到爸爸？"凯莉说道，"要不我们走那条路。"凯莉指向泥潭一角，从那儿她们能看见爸爸和马儿的身影。

劳拉犹豫了，"走那条路，我们就要穿过泥潭。"

"可现在泥潭并不泥泞，对吧？"凯莉问。

劳拉回答道："好，我们就走那条路！爸爸只说快去快回，可没说我们要沿着大路走。"

所以，两姐妹没有绕开泥潭，而是直直地走进高高的泥潭野草丛中。

一开始很好玩，姐妹俩仿佛走进了爸爸的绿皮书，正在丛林冒险呢。劳拉一马当先，推开厚厚的野草茎秆，打通一条小路，发出窸窸窣窣的声音。凯莉刚走完，小路便闭合。成千上万的野草秆既粗糙又坚硬，细长的叶子彼此交错，在阳光的照射下，远看黄澄澄，近看绿油油。因为气候干燥，脚下泥土迸裂。即便如此，在烤鲜草的香味中，还能隐约闻到一股湿土气息。在头顶，风吹叶子沙沙作响。在脚下，只有两姐妹的脚步在打破许久的安宁。

"爸爸在哪里呢？"凯莉突然问道。

劳拉扭头，在野草的阴影中，凯莉消瘦的小脸蛋苍白无比，眼神流露出几分恐慌。

"这里看不到爸爸。"劳拉说。她们只能看见随风起舞的野草叶子，以及热气腾腾的蔚蓝天空，"他就在前方。我们一会儿就能见到他了。"

虽然说得信誓旦旦，但是劳拉又从何而知爸爸在哪？她连自己去哪里都不清楚。天气热得令人窒息，劳拉感觉有股汗水在喉咙里打转，在脊背流淌，而她却不慌不忙，尽量保持内心冷静。劳拉突然想起了那群迷失在草原的布鲁金斯小孩……眼前这个泥潭环境更恶劣，难怪妈妈整天担心格蕾丝会迷失在泥潭之中。

她仔细寻找割草机的隆隆声，却只听到野草舞动的沙沙声。细叶片摇曳着，飞舞着。影子在闪烁，在晃动。劳拉根本找不到太阳的位置。野草东倒西歪，无从得知风的方向。这群见风使舵的家伙，根本承受不起任何重量，劳拉也就无法爬上去观望四周，找寻出路。

"跟我来，凯莉！"她故作兴奋地说道，心想可不能吓坏了凯莉小妹妹。

凯莉满怀信任地跟在身后，但劳拉根本不知道自己在往哪儿走，也不确定是否在走直线。前方总有挡道的草丛，要向左走或向右转才能避开它。这里向左转，那里向右转，难道就没有在兜圈子吗？迷路的人总会兜兜转转，永远找不到回家的路。

泥潭绵延数公里，只见越来越多的野草在晃动，在摇摆。野草太高，挡住了视线；野草太软，爬也爬不上；野草太多，何时是个头？除非劳拉走直线，否则她们永远也出不去。

"我们走了这么远，"凯莉气喘吁吁地说道，"为什么还见不到爸爸？"

"他应该就在这附近。"劳拉回答。热气烘干的泥土，留不住脚印。无穷无尽的野草，株株都相似。野草下方的叶子，全都干枯受损，完全看不出哪些是由姐妹俩踩坏的。劳拉无法找到原路走回大道。

凯莉微微张开嘴巴，偌大的双眼直勾勾地盯着劳拉，仿佛在说："我知道，我们迷路了！"可她什么也没说，迷路了就是迷路了，说再多也没用。

"我们最好快点走。"劳拉说道。

"没错，我们要努力找到回家的路！"凯莉打起精神。

两姐妹继续赶路，她们一定错过了爸爸割草的地方。但此情此景，劳拉什么都不敢确定。或许往后走，真的会越走越远，所以她们一心往前，偶尔停下来擦擦脸上的汗水。口干舌燥的两姐妹拖着疲惫的身子，一步一步往前移。推开挡路的草丛并不难，难的是要一直推下去，这可比踩干草堆还累人。凯莉瘦小的脸蛋灰白灰白的，她已经累坏了。

劳拉注意到，前方的草丛更稀了，光线更足了，头顶的草尖更少了。突然间，一缕金黄色出现在黑暗的草茎上空，是阳光！可能前方有个池塘。噢！或许，或许前方是爸爸的残株地！还有割草机，还有最心爱的爸爸！

透着阳光，劳拉看到了干草秸秆，以及星星点点的干草堆。有人在说话，但这个声音好陌生。

这是一个男人的声音，既响亮又浑厚，"快点干，阿曼罗，天就快黑了。快把这车干草装满。"

接着传来另一个陌生的声音，慢吞吞、懒洋洋的，"好——好——好，罗耶！"

再走近一点，两姐妹一起朝着野草边缘望出去。这不是爸爸的干草地！只见前方停着一辆陌生的四轮马车，上方的干草架内堆满整整一车干草，顶部躺着一个男孩，头顶一片蔚蓝的天空。男孩趴在草堆上，双手托住下巴，双脚在空中晃啊晃。

地上那人叉起满满一耙子的干草，挥向男孩。埋在干草堆下的男孩迅速爬起来，哈哈大笑，甩掉落在头上和肩上的干草。他长着一头乌黑的秀发，一双蓝色的眼睛，还有晒得黝黑的脸颊和肩膀。

站在高高的干草堆上，他看见了劳拉，"你好啊！"两姐妹从高高的野草丛中走出来，像极了两只小兔子。一想到这，劳拉只想扭头跑开，找个地方躲起来。

"我以为爸爸在这里呢。"劳拉说。小凯莉胆怯地躲在她身后。

男人说："我们没有见到其他人，谁是你爸爸？"男孩告诉他，"是英格斯先生，对吧小女孩？"他的眼光始终逗留在劳拉身上。

"是的！"劳拉看着拉车的马儿。她曾经见过这种漂亮的棕色马，它们的臀部在阳光下闪闪发亮，脖子上的黑色鬃毛光滑无比……它们是怀尔德兄弟的马！想必眼前这两个人就是怀尔德兄弟。

"我这里能看见他。你爸爸就在那里。"男孩说道。劳拉抬起头，顺着男孩手指的方向看过去。男孩朝劳拉眨了眨蓝眼睛，仿佛已经认识她很长一段时间了。

"谢谢！"劳拉很有礼貌地向男孩致谢，带着妹妹凯莉，沿着摩根马车队走过的路，穿过泥潭，终于见到了爸爸。

"哇！"爸爸很惊讶，"可算等到你们啦！"他脱下帽子，甩掉前额的汗珠。

劳拉将新割片递给爸爸，带着凯莉坐在一旁。爸爸打开工具箱，取下割草机的切割杆，敲出损坏的零件，装上新买的割刀，用铆钉加以固定。"搞定了！"爸爸松了一口气，"告诉妈妈，我要割完这片地，所以会晚点回家吃饭。"

"隆隆隆"，割草机如获新生。两姐妹安心地走回棚屋。

"你刚才害怕吗，劳拉？"凯莉问。

"有一点，但我们最终不是回来了吗？没事的。"劳拉说。

"都是我的错，我不该说要走小路。"凯莉很自责。

"是我的错，因为我是姐姐！"劳拉说道，"但我们也吸取了一个教训，以后还是要走大路。"

"你会告诉爸爸妈妈吗？"凯莉胆怯地问。

"如果他们问起来，我们就一定要告诉他们！"劳拉说。

3.一年之秋

九月的一个下午，天气炎热，爸爸和劳拉堆好了最后一车干草垛。爸爸打算第二天再去割点草，谁知一大早就下起了雨。三天三夜，天空一直在哭，大雨不停地下，滴答滴答打在屋顶上，顺着窗户玻璃流了下来。

"我们早该想到的，"妈妈说，"这是秋分时节的暴雨啊！"

"是啊。"爸爸心神不宁，"天气要变了，从骨子里都能感觉到寒意。"

第二天早晨，棚屋冷冰冰的，窗户结满了一层霜，屋外一片花白。

"天啊！"妈妈瑟瑟发抖，点起炉子的火，"今天还只是十月的第一天啊。"

劳拉穿上鞋子，戴上围巾，才敢出门打井水。

寒冷的空气啃咬着劳拉的脸颊，刺痛了她的鼻子。蔚蓝的天空透着一股寒气，整个世界都是白花花的。每一片草叶都覆盖着一层毛茸茸的霜。道路霜封，连井口的木板也爬满厚厚的一层白霜。不仅如此，霜花还爬上了棚屋的外墙，附着在撑起黑焦油纸的窄木条上。

霜大姐给草原织了一条花白被子，好奇的太阳公公掀开一角偷看，整个世界闪闪发光。一个个小生命，在金色的阳光下熠熠生辉，闪烁着玫瑰色的光芒，被淡蓝色的天空映衬得甚是好看。每一片草叶上方都出现了一道彩虹。

劳拉喜欢这个美丽的世界，尽管冰霜无情地摧毁了干草，带走了花园的生命。纵横交织的番茄藤上，可见红红的大番茄和绿绿的小番茄。南瓜藤撑起宽大的叶子，托住绿色的小南瓜。受到霜冻的草皮破破烂烂的，上面的植物却在阳光里大放异彩。还有玉米，它那茎秆，它那长叶都裹上了一件白白的外套，了无生机。一夜间，所有绿色生物都消逝了，而冰霜依然是如此楚楚动人。

早饭时，爸爸说："现在不用晒干草了，我们直接秋收吧。第一年的草地没什么产出，但它们会在冬天腐烂，肥沃土壤。明年的收成一定会更好。"

犁头驶过草地，土块四处翻滚，顽强的草根还执着于捆绑所有的泥土。爸爸从草皮下挖出了小小的马铃薯，劳拉和凯莉将其装进锡桶中。泥土干干的、脏脏的，劳拉每每手指一碰，都心生不快，脊梁骨直打寒战。可这又有什么办法呢？马铃薯总是要捡的。两姐妹提着锡桶，在草地里来回跋涉，可算装满五袋啦，这就是今年所有的收成。

"费了不少功夫，才收这么点马铃薯，呼呼！"爸爸有点失望，"但是，这也好过什么都没有，我们可以跟豌豆配着吃。"

豌豆藤蔓死气沉沉，爸爸一手拉起它们，叠放在阳光底下风干。此时，太阳高高地挂在天上，霜儿消失得无影无踪，冷风呼呼地吹过草原，这片棕色的、紫色的、泛黄色的大草原！

妈妈和劳拉一起去摘番茄。藤蔓已经枯萎，软软的，黑黑的。母女俩摘下了所有的番茄，连最小的绿色番茄也不放过。成熟的番茄占多数，几乎可以制作一加仑的果酱呢。

"这些绿色的小番茄有什么用呢？"劳拉一脸迷惑。妈妈说，"等着瞧吧。"

妈妈仔细地清洗小番茄，不用剥皮，直接切块，用盐、胡椒、醋和香料加以腌制。

"这里有整整两夸脱的腌番茄呢。尽管第一年，花园没什么像样的收成品，这些腌番茄和烘豆也是很棒的冬季美味啊！"妈妈感到心满意足。

"还有一加仑的甜果酱噢！"玛丽接了一句。

"还有五蒲式耳的马铃薯。"劳拉说完便使劲在围裙上擦擦手，脏兮兮的土块最讨人厌了。

"还有萝卜，一堆萝卜！"凯莉大叫着，她最喜欢生吃萝卜了。

爸爸笑了起来，"等我把这些豆子敲打完，筛选好，包装完，有整整一蒲式耳呢。还有那几个小山丘的玉米，切茎剥皮，存入地窖。我们今年可算收获颇丰啊。"

劳拉清楚，这个秋收不算丰盛。但是有了干草和玉米，马儿和牛儿都能撑到来年春天。有了五蒲式耳的土豆、一蒲式耳的豆子，以及爸爸的猎物，一家人也能渡过漫漫长冬。

"我明天就去收玉米。"爸爸说道。

"哪用这么急，查尔斯。"妈妈说道，"秋雨已经结束，现在正是秋高气爽的好时节。"

"确实如此。"爸爸也承认。夜晚凉风吹过，唤醒清新的早晨，带来艳阳高照的白天。

"我们还可以囤些新鲜的肉块啊，换换口味。"妈妈建议爸爸去打猎。

"我收完玉米，就去打猎。"爸爸说。

第二天，爸爸砍下玉米，堆成小堆。十个玉米堆站成一排，个个圆锥状，好像小小的印第安人帐篷。收完玉米，爸爸又从地里带回六个金黄色的南瓜。

"土地贫瘠，藤蔓长不了太多南瓜，"爸爸说道，"再加上霜冻，绿色的南瓜无一幸免。不过我们可以收获很多种子，明年再播到土地里。"

"为什么急着摘南瓜？"妈妈问道。

"不知为何，我就是觉得要快。"爸爸试图解释道。

"你要好好睡一觉了。"妈妈说。

第二天一大早，雨淅淅沥沥地落下，夹带着雾气，笼罩在草原上空。干完活儿，吃过早饭，爸爸便披上外套，戴上大檐帽，准备出门。他再三确认，帽子遮住了后边的脖子。

"我去打几只野鹅回来，"爸爸说。"我昨晚听到它们飞过来了。泥潭里肯定有几只。"

他取下猎枪，藏在外套里，走进风雨中。

爸爸走后，妈妈灵机一动，"女儿们，我们给爸爸一个惊喜好不好？"

正在洗碗的劳拉和凯莉转过身来，正在铺床的玛丽也站直了身子。"什么惊喜？"她们好奇地追问。

"快快干完你们手头的活儿。"妈妈说，"然后，劳拉，你去玉米堆带个绿色的南瓜给我。今天要做南瓜派！"

"南瓜派！这怎么做？"玛丽一脸不解。劳拉接过玛丽的话，"一个绿色的南瓜派？我可从没听过这种东西噢，妈妈。"

"我也没听过，"妈妈说，"但是，如果我们一直不做，哪能知道生活会给我们什么惊喜呢？"

劳拉和凯莉不由得加快了洗碗的速度。之后，劳拉冲进又冷又湿的秋雨中，使劲从地里拖回一个最大的绿色南瓜。

"快站到炉子前，烘干身子，劳拉！"妈妈有点小生气。"你不小了，遇到这种天气，不用我说，你也该知道出门要披围巾。"

"我跑得很快，躲过了雨点，"劳拉说，"我真的没怎么淋湿，妈妈。现在需要我做什么？"

"你来切南瓜、去瓜皮，我来揉面粉、做饼皮，"妈妈说，"看看我们能弄出什么花样。"

妈妈将饼皮平铺在馅饼盘底部，撒上一层红糖和香料，铺上薄薄的南瓜片，倒上半杯子醋，再放上一小块黄油，盖上一层饼皮加以定型。

"好啦！"妈妈给馅饼折上了一层美丽的花边。

"你真的做到了！"凯莉睁大双眼，盯着眼前这个不可思议的南瓜派。

"我还不知道是否会成功。"妈妈将派放进烤箱，关上了门。"所以我们要不断尝试，才知道是否会成功。午饭时分见分晓噢。"

整洁的小屋内，坐着母女几人。趁严冬袭来之前，玛丽正忙着给凯莉织袜子过冬。劳拉正将两块长长的棉布缝成床单。她小心翼翼地别住棉布边缘，放在膝盖上，用一根从衣服上取下的别针加以固定，对齐棉布边缘，一针一线地缝起来。

每一针都必须紧密相连、细小均匀、严严实实、深浅适中。最后的床单是平滑的，所以中间可不能出现哪怕小小的褶皱。每一针都要相同，让人看不出差别。这就是缝纫的技巧。

玛丽以前多么喜欢缝纫啊，可如今她失明了，再也干不了这活儿了。劳拉像只无头苍蝇，撞上缝纫，粉身碎骨。她想大喊大叫，脖子酸了痛了，针线缠了绕了。缝了多少针，就要拆掉多少针。

劳拉烦躁地说："毛毯就足够大，可以铺床，为什么床单不够大？"

"因为床单要用棉布做，咱家的棉布不够做床单。"玛丽说道。

顶针有小洞，针眼掉下来，戳进劳拉的手指里，好疼啊！劳拉咬紧双唇，什么也没说。

还好，南瓜派烤得不错。妈妈放下给爸爸织的衣服，打开烤箱，一阵诱人的香味扑面而来，吸引了凯莉和格蕾丝两姐妹。妈妈将南瓜派翻个身子，待其全身均匀地裹上棕黄色。

"看起来还行噢！"妈妈很开心。

"爸爸一定会很惊讶的！"凯莉大喊。

午饭前夕，妈妈从烤炉里取出南瓜派，可真漂亮！

她们等了足足一个小时，还不见爸爸的身影。每次打猎，爸爸都会错过吃饭时间。母女几人只好开吃，留下南瓜派，等晚上爸爸回来再吃。说不定明天就能吃上香喷喷的烤肥鹅啦。

整整一个下午，绵绵细雨下个不停。劳拉到井边打水时，天空低沉沉的，灰蒙蒙的。草原那头，棕色的野草上空雾气弥漫，高高的野草竟被大雨压低了头，一滴一滴在流泪。

劳拉飞快跑开，她可不愿意看见野草哭泣。

晚饭时分，爸爸回来了，两手空空。他既不说也不笑，瞪大双眼，目光呆滞。

"怎么了，查尔斯？"妈妈心急地问道。

爸爸脱下湿漉漉的外套以及水淋淋的帽子，将它们挂好。"我也想知道，奇怪的是，湖边一只鹅一只鸭都看不到。泥潭里空荡荡的，什么都没有。它们都飞在云层之上，拼命扇动翅膀，嘎嘎嘎地叫唤。每一只都朝南方飞，飞得很高，飞得很急。再也不见其他猎物，所有地上跑的、水里游的生物都躲起来了。我从来没有见过这么空荡、这么死寂的乡村。"

"没关系，"妈妈鼓励爸爸，"可以吃饭了，坐到火堆前面来烘干身子，查尔斯。我把饭桌拖过来，这天真是越来越冷了。"

寒气在桌底蔓延，顺着劳拉光溜溜的小腿爬上来，可怜她只穿了一条裙子！温暖而丰盛的晚饭驱赶了些许寒意。暖暖的灯光下，每张脸都写满了给爸爸的"惊喜"，泛红发亮。

爸爸完全没有注意母女几人的表情，也没察觉自己吃的什么，只顾狼吞虎咽，不停地喃喃自语："真是太奇怪了，没有鸭子没有鹅。"

"可怜的小家伙，它们可能想去南方晒太阳。"妈妈说道，"还好我们有个温暖的家，有个结实的屋顶，可以挡风避雨。"

爸爸推开空盘子，妈妈朝劳拉使使眼色，"就现在！"除爸爸外，其他人的脸上都洋溢着笑容。凯莉兴奋地扭动身子，格蕾丝干脆跳到妈妈的大腿上，劳拉端出了南瓜派。

好一会儿，爸爸才反应过来，"派！"

没想到爸爸会如此惊讶，格蕾丝、凯莉和劳拉哈哈大笑。

"卡罗莱，你怎么会做派？"爸爸惊讶地问道，"这是什么派？"

"尝一口你就知道啦！"妈妈切下一块南瓜派，放在爸爸的盘子中。

爸爸拿叉子割下一小块，放进嘴巴里，"苹果派！你哪来的苹果？"

凯莉再也按捺不住了，她几乎大吼出来："是南瓜派！妈妈用绿南瓜做的！"

爸爸又试了一小口，细细品味，"哇，我完全猜不出来，妈妈比国家大厨还厉害。"

妈妈的脸颊微微泛红，眼睛笑眯眯的，看着一家人享用可口的南瓜派，心里别提有多高兴。大家细细品尝每一口，小口小口地咀嚼，让香料的甜味在嘴里逗留得更久一些。

真是一顿令人难忘的晚餐，多么希望可以一直吃下去啊！夜深了，劳拉与玛丽、凯莉躺在床上，她还不停地回味刚才的幸福。那一晚，她睡得很舒服，很安逸，就连屋顶滴答滴答的下雨声都成了温柔的摇篮曲。

朦胧中，仿佛有一片水溅到脸上，劳拉心头一颤。不可能是雨水，头上有屋顶呢！想到这，劳拉往玛丽身边靠了靠，温暖而香甜地进入了梦乡……

4.十月风暴

劳拉突然惊醒过来，她听到了一阵熟悉的歌声，还有一阵阵奇怪的掌声。

噢，欢乐如同向日葵，（啪啪！）

噢，微风拂面腰身弯，（啪啪！）

噢，自在恰似风儿吹，（啪啪！）

噢，落叶纷纷多悠然。（啪啪啪！）

这是爸爸的烦恼歌，他一边唱，一边不停用手臂捶打胸膛。

凉飕飕的鼻子让劳拉很不舒服，一夜躲在温暖的被窝里，可怜了裸露在外的小鼻子。她抬起头，可算知道爸爸为何一大早拍掌了。天气冷，厚大的手掌需要暖和暖和。

爸爸点燃了清晨的第一把火。熊熊火焰在炉子内咆哮，却奈何不了四周冰冷的空气。雨水滴落在被子上，结成小冰晶，遇热爆裂发出噼啪噼啪的细碎声。屋外北风呼啸，墙壁上的焦油纸窸窣作响。

凯莉睡眼惺忪地问："怎么回事？"

"暴风雪，"劳拉告诉妹妹，"你和玛丽就好好待在被窝里面吧。"

劳拉爬出温暖的床，小心翼翼不让寒气钻进被窝。一边穿衣服，一边打寒战。窗帘那边的妈妈也在穿衣服，但她们都太冷了，冻得说不上话来。

母女俩走到火炉边取暖。炉子里的火焰熊熊燃烧，却丝毫驱赶不了屋内的寒气。窗外雪花乱舞，一片白茫茫之景。大雪吹进门缝，沿着地板飘进屋内，墙上每一颗钉子都裹上了一层厚厚的白霜。

爸爸一早就动身去马厩了。劳拉很庆幸，还好在棚屋和马厩间站着一排排的干草垛。沿着草垛走，爸爸就不会迷路啦。

"暴……暴……暴风雪！"妈妈的声音在颤抖，"十……十月的暴风雪，我……我还没……没有听说过……"

往炉子里添完木头，妈妈打碎了水桶里的冰块，放到烧水壶上煮。

可惜水桶里只有不到半桶水，他们必须省着用。天气恶劣，没人敢去打井水。劳拉灵机一动，地板上的雪干干净净的，可以舀进来，装进脸盆，用火炉烧开，拿来洗脸洗手。

此时，火炉周围暖和了不少。劳拉将格蕾丝捆在被子里，带到炉子旁边穿衣服。敞开的烤箱边，玛丽和凯莉姐妹俩哆哆嗦嗦，穿上了长筒袜和鞋子。

早饭已经准备好，就等爸爸了。不一会儿，狂风夹雪推进了"雪人"爸爸。

"麝鼠真是料事如神啊，劳拉。"身子一暖，爸爸就开口说话，"野鹅也很聪明。"

"难怪它们不肯在湖边休息。"妈妈说。

"湖水已经结冰，"爸爸说，"气温快接近零度，还在持续下降中。"

爸爸一边说，一边看着柴火箱子。劳拉昨晚刚添过，满满一筐木柴就快见底了。一吃完早餐，爸爸裹上大衣，从柴堆抱回一大捆木柴。

棚屋越来越冷，墙面太薄，炉火驱赶不了入侵的寒气。一家人只能蜷缩在火炉边，裹上外套，戴上围巾，挤成一团。

"幸好我昨天泡了豆子。"妈妈很开心。壶子里的水咕噜咕噜地叫唤，妈妈打开盖子，迅速加入一勺苏打水。豆子沸腾，在锅里咆哮，泛起层层白

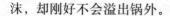

沫，却刚好不会溢出锅外。

"可以加一点咸猪肉！"妈妈说道。

她不时舀起一些豆子，吹一吹，看一看。待豆子皮肉分离后，她将锅内的苏打水换成热开水，加入一点肥猪肉，继续煮。

"冬天来一碗热腾腾的豆子汤，再好不过了！"爸爸满心欢喜。一旁的格蕾丝正使劲拉他的手，"小蓝眼，你想要什么？"

"听故丝（故事）！"小格蕾丝说话总是很可爱。

"给我们讲爷爷和猪猪坐雪橇的故事，求您了爸爸！"凯莉说道。爸爸将格蕾丝和凯莉抱到膝盖上，开始讲那个遥远而熟悉的故事。两个小女儿出生前，一家人住在大森林，爸爸就经常讲这个故事给玛丽和劳拉听。烤箱旁边，妈妈和玛丽给摇摇椅盖上被子，坐在上面打毛衣。劳拉裹上围巾，站在火炉和围墙中间。

寒气从棚屋的各个角落爬进来，匍匐着奔向火炉。冰冷的寒风一呼一吸，床边的窗帘一会儿贴近窗户，一会儿飞离窗户。小棚屋在暴风雪中瑟瑟发抖。豆子热气腾腾，香味扑鼻，似乎温暖了整个小屋。

正午时分，妈妈给每人切上一块面包，盛上一碗豆沙汤。大家围坐在火炉旁，吃饭喝茶。浓香四溢的热茶让人身心舒畅，小格蕾丝也得到了一杯红茶牛奶！这实际上是热开水加牛奶，只有一点点茶味。但妈妈肯让女儿喝茶了，小格蕾丝瞬间觉得自己长大了！

喝完热腾腾的汤，品完热乎乎的茶，一家人身心全暖和。妈妈将豆子倒入奶锅，在中间放上一点肥猪肉，顶部淋上几滴蜜糖浆，放进烤箱开烤。晚饭就吃烤豆子！

火苗越来越小，爸爸只好出去搬木柴。谢天谢地，还好柴堆离后门不远。抱进第一批木柴时，爸爸跌跌撞撞，上气不接下气。好不容易缓过气来，他说道："这鬼风真让人窒息，早知道有大暴风雪，我昨天就会在屋内堆满木柴。现在倒好，搬进了多少木柴，就飞进了多少雪花。"

爸爸可没有说大话。劳拉每次开门，雪花打着圈圈，趁机跟着爸爸飞进来，落在地面上，藏在木堆里，坚硬如冰块，细小如泥沙。屋内气温骤然下降，俨然成了雪花的天堂。

"差不多够了！"爸爸说，"如果再让冷气进屋，这点木头还不够把它们赶出去。"

"劳拉，你扫完雪后，把我的小提琴拿过来。"爸爸说道，"等我手指暖和以后，我们就高歌一曲，狂风肆虐又奈我何。"

不一会儿，爸爸拨起琴弦，打磨琴弓，将琴置于肩膀之上，用歌声温暖寒冬小屋。

噢，重返儿时，生活将会大不同。

存些钱来买些地，迎娶戴娜为我妻。

如今年老头已灰，再也无法干重活。

噢，重返儿时吧！噢，重返儿时吧！

古老的维吉尼亚海湾正在向我招手。

带我飞，带我飞，带我飞到天堂去。

"老天啊！"妈妈打断了他，"我还宁愿听听风声。"她努力地暖和格蕾丝的身体，而小女儿却左右扭动，又哭又闹。她只好放开双手，"走吧走吧，爱去哪就去哪！过一会儿你准会怀念温暖的火炉。"

"嘿，劳拉、凯莉，快快加入格蕾丝，组成一个快步行军小队伍吧！让你们的热血沸腾起来吧！"爸爸喊道。

脱掉暖和的围巾可不简单，而两姐妹还是照做了。随着小提琴美妙的旋律，爸爸又开始引吭高歌。

前进！前进！埃特里克！特维特代！

年轻人儿，为何不井然有序地前进？

前进！前进！艾斯克代！立德斯代！

戴上庄严蓝帽子，伸腿越出我国境。

看看头顶大战旗，随风舒展四飞扬。

待到将士荣归时，勋章闪闪耀八方。

在屋内，三姐妹一圈一圈地前进，使出浑身之力放声高歌，一脚一脚重重地踩在地板上，"咚咚咚！"

翻山越岭，整装待发，

大山的孩子啊！

为了亲爱的故乡，为了苏加兰德荣誉，战斗吧！

仿佛战旗就在头顶飘扬，仿佛胜利就在前方招手。屋外寒风肆虐，屋内暖意融融。从头顶到脚尖，三姐妹浑身热乎。

美妙的音符落下，余音绕梁，不绝于耳。爸爸将小提琴放回盒子。"女儿们，为了让牛儿马儿过得舒服点，老爸就要出门搏击暴风雪了，但愿老调能激发我的士气！"

坐在烤箱前，妈妈早已暖好了爸爸的外套和围巾。屋外北风呼啸，不绝于耳。

"我们会备好热腾腾的烤豆子、热乎乎的茶水，等你凯旋，查尔斯！"妈妈说道，"然后我们就上床暖身子，但愿明天一大早，暴风雪会过去。"

天不如人意，第二天一大早，爸爸又唱起了向日葵神曲。窗户依旧一片花白，北风卷着雪花，呼呼呼地冲击着这座瑟瑟发抖的小棚屋。

整整三天三夜，暴风雪才过去。

5. 风暴过后

第四天早上，劳拉感觉耳朵有什么不对劲。她掀开被子一角，发现被子上飘了一层雪。隐约可听见，炉盖哐啷哐啷地作响，火苗啪啦啪啦地窜动。可算知道为何两耳空空了，因为暴风雪已经停息了！

"快醒醒，玛丽！"劳拉用手肘推了推玛丽，"暴风雪结束了！"

她跳下温暖的床。外面的空气比冰块还冷，火炉一点也不热，装满雪水的桶子完全结冰了。然而，太阳已经升起，霜冻的窗户闪闪发亮。

"外面还是一样冷。"爸爸走进屋内，弯着身子，在火炉上烘烤胡子上的冰碴。咝咝声响起，一股蒸汽涌上来，冰碴随即灰飞烟灭。

爸爸擦了擦胡子上的水滴，接着说："狂风卷起了屋顶的一大块焦油纸，亏我当初还钉得那么紧实，雨雪竟会飞进来。"

"不管怎样，暴风雪过去了。"劳拉很开心。终于能在吃早饭的时候，看一看泛着金色光芒的窗玻璃。

"小阳春还没到呢，"妈妈很肯定地说，"这场暴风雪下得那么早，肯定不是冬天的开始。"

"我从来不知道，入冬会这么早，但有些事情不大对劲。"爸爸说道。

"什么事，查尔斯？"妈妈好奇地问道。

爸爸也不太确定，"干草垛旁边有一群迷路的野牛。"

"它们在啃食干草垛吗？"妈妈紧接着问。

"这倒没有。"爸爸说。

"那它们站在那里干吗？"妈妈说。

"我猜暴风雪搞得它们筋疲力尽了，"爸爸说，"它们在干草垛避难。我原想留它们休息一会儿，吃点干草再赶它们走。吃一点还行，吃太多就不好了。但奇怪的是，它们什么都不吃！"

"为什么会这样？"妈妈惊讶极了。

"我也不知道，"爸爸说，"它们只是站在那里。"

妈妈安慰爸爸："这也没什么好困扰的。"

"不！"爸爸喝完手中的茶，"唉，我还是去赶走它们吧。"

他穿上大衣，戴上帽子和手套，再次出门。

不一会儿，妈妈说："劳拉，你还是跟爸爸一起去吧，他可能需要人帮忙。"

劳拉飞快地围上妈妈的披巾，扣上别针，贴实下巴。从上到下裹上羊毛外套，双手缩在披巾内，只露出小脸蛋。

一到屋外，耀眼的太阳光割伤了她的眼睛。劳拉深深吸了一口刺骨的寒气，眯上双眼环视四周。天空一片蔚蓝，地上一片雪白。劲风卷不起雪花了，只能赶着雪花瓣儿穿过草原表面。

严寒刺痛了劳拉的脸颊。她感觉到有股寒气在鼻子里打转，在胸前徘徊，最后化身为一股蒸汽，袅袅地消失在空气里。劳拉用披巾捂住小嘴，一呼一吸结一层霜。

穿过马厩一角，爸爸以及野生牛群出现在劳拉的视线中。劳拉停下脚步，仔细打量这一切。

在阳光底下，在草垛影子里，牛群耷拉头颅，一动不动。一头红色、一头棕色、一头带斑点，还有一头又瘦又黑，混在中间。瘦骨嶙峋的肩胛骨处，伸出毛茸茸的红棕色脖子，连接着一颗颗肿得发白的头颅，多像魔鬼多么诡异啊！

"爸爸！"劳拉吓得大喊一声。爸爸示意女儿待在原地，自己则穿过低飞的雪花，一步一顿地走向牛群。

这真的是牛群吗？只见它们纹丝不动，死气沉沉，只有肋骨中间的毛发随着呼吸上下抖动。它们的髋骨，多么清晰！它们的肩骨，多么嶙峋！它们的四肢，多么僵硬！头上的白色肿块，又多又大，垂在地上，与纷飞的雪花为伍。

太阳照，寒风吹，劳拉的毛发根根竖起，脊背片片冰凉，心中阵阵恐惧，眼泪滴滴落下。爸爸逆风缓慢前进，却惊动不了一只野牛。

驻足观察片刻后，爸爸弯腰做了一件事。然后，一声低沉的怒吼传来，一只红色野牛背部拱起，跳出雪地，跌跌撞撞，大声嚎叫。幸好它五官正常，嘴巴一张一合喷着气。

另一只牛也舒展背部，踉踉跄跄地跑了几步。第三只、第四只……野牛的吼叫响彻寒冷的天空。爸爸把它们一个个拯救出来了，但他到底做了什么？

最后，野牛群一起出发了。它们不动声色地穿过齐膝的雪堆，扬起阵阵雪花，喷在僵硬的身子上。

爸爸朝劳拉摆摆手，示意她回屋，而后再次检查了干草垛。

"怎么去了这么久，劳拉？"妈妈问道，"野牛钻进干草垛了吗？"

"不，妈妈，"劳拉回答说，"它们的头……像是冻在地上了。"

"怎么可能！"妈妈大吃一惊。

"劳拉又在胡思乱想了。"玛丽说道，她正坐在火炉边织衣服，"野牛的头怎么可能冻在地上，劳拉？有时候，你真能吓唬人。"

"不信你就问爸爸啊！"劳拉没有多说，没有解释。她依稀感觉到，在草原千万种声音的背后，漆黑的夜晚、疯狂的暴雨，还有那恼人的宁静，合力俘获了野牛，使其动弹不得。

爸爸走进屋内，妈妈迅速问道："那群牛怎样了，查尔斯？"

"它们的头被冰雪冻住了，"爸爸说道，"它们呼出的气体遇冷成冰，冻住了眼睛和鼻子。所以，它们无法看见，无法呼吸。"

劳拉停下手中的活儿，一脸恐惧，"爸爸，它们的呼吸居然让它们窒息？"

爸爸理解劳拉的感受，"没事了，劳拉。我破开了它们头上的冰，它们能呼吸了。现在，野牛群正呼哧呼哧地朝住所奔去呢。"

凯莉、玛丽，就连妈妈都吓得瞠目结舌。妈妈赶紧说道："快扫扫地，劳拉。天啊，查尔斯，还不快脱下外套，过来火炉边暖暖身子！"

"等等！"爸爸小心翼翼地将双手掏出口袋，"看这里，看我在干草堆里面找到了什么！"

爸爸慢慢张开双手，手套的空心处坐着一只小鸟！爸爸将鸟儿轻轻地放在玛丽手上。

"看它站得多挺直！"玛丽很是兴奋，用指尖轻轻地抚摸小鸟。

她们从没见过这样的鸟。那么的小巧，那么像爸爸那本大绿书——《动物世界奇观》中出现的海雀。

这只小鸟胸脯发白，背部发黑，长有翅膀，短短的双腿往后歪，大大的蹼足贴地跑。它挺直身板，活像一个穿着黑色外套和白色底衫的小人儿，双腿不离地，双翼像手臂。

"这是什么，爸爸？快点告诉我们！"凯莉兴奋地大喊大叫，她及时抓住了格蕾丝的双手，"可不能动噢，格蕾丝妹妹。"

"我从没有见过这种生物，"爸爸说道，"估计它在暴风雨中飞累了，掉在干草垛上，干脆钻进去挡风避雨。"

"这是一只海雀！"劳拉喊道，"只是还没长大。"

"它可不是个鸟宝宝噢，看它的羽翼多丰满！"妈妈说道。

"是啊，不管是什么鸟，它已经长大了！"爸爸表示同意。

小鸟站直身子，踩在玛丽柔软的掌心上，瞪大明亮的黑眼睛，观察周围这一群陌生人。

"它还没有见过人呢。"爸爸说。

"你怎么知道，爸爸？"玛丽问道。

"因为它不怕我们！"爸爸说。

"噢，我们可以留住它吗，爸爸？行吗，妈妈？"凯莉露出哀求的小眼神。

爸爸说："看情况吧。"

玛丽的指尖在小鸟全身来回滑动，劳拉则在她耳旁夸赞小鸟柔顺的白胸脯、乌黑的背部、灵活的尾巴，以及小巧的翅膀。格蕾丝也轻轻地摸了摸小鸟。这个小大人静静地蹲在那里，打量周围陌生的世界。

大家将小鸟放在地上。鸟儿走了几步，推推蹼足，趾尖咚咚咚地敲击着地板，翅膀飞快地上下舞动。

见此情景，爸爸说道："它飞不起来，这是一只水鸟。它必须在水里滑动蹼足，才能加速飞翔。"

最后，大家把小鸟放在角落一个盒子里。鸟儿那双圆圆的、亮亮的、黑黑的大眼睛还在直打转。大家都很好奇，它到底吃什么呢？

"真是场奇怪的风暴！"爸爸很愤懑，"我不喜欢。"

妈妈安慰他说："这只是场暴风雪，天气会慢慢好起来的，今天已经有点回暖了。"

玛丽继续织衣服，劳拉继续扫地板。爸爸站在窗边看风景。不一会儿，凯莉带着格蕾丝过来了。大家同时看向窗外。

"看！大野兔！"凯莉尖叫。马厩周围有好几十只野兔在蹦蹦跳跳。

"原来这群流氓一直躲在我们的干草垛里面避雨啊，"爸爸说，"看来我们有炖兔肉吃了，我去拿枪。"

说是这么说，但爸爸一动不动。

"这次放过它们吧，爸爸！"劳拉恳求道，"它们也是没办法，才住在草堆里的。"

爸爸看了一眼妈妈，她微笑着说："我们不饿，查尔斯。谢天谢地，我们能熬过这场暴风雪！"

"那就分点干草给兔子们吃吧！"爸爸拎起水桶，到井边打水。

过了一会儿，爸爸开门时，寒气趁机钻进来，四周还是非常冰冷。然而金色阳光之下，棚屋南面的雪堆已经开始融化……

6. 小 阳 春

第二天早晨，水桶里只留下几层薄冰，天气晴朗而温暖。爸爸在大泥潭内设置陷阱，准备活捉麝鼠。凯莉和格蕾丝也到户外玩耍。

小海雀不吃饭，不吭声，只是眼巴巴地看着凯莉和格蕾丝。再不吃饭会死掉的，可是无论递给它什么东西，小鸟似乎都不懂得该怎么吃。

午饭时分，爸爸说塞维尔湖的冰融化了，奇怪的小鸟可以回到水里，好好照顾自己。午饭过后，劳拉和玛丽穿上外套，戴上头巾，跟随爸爸去放生小鸟。

在温暖而苍白的天空之下，塞维尔湖泛起微微涟漪，呈现醉人的苍蓝色，银光闪闪。湖面四周结冰，中间有冰块随着涟漪上下浮动，滑滑的，灰灰的。爸爸从口袋里请出小海雀。还是那件黑色外套，还是那件白色衬衫，还是那般昂首挺胸，小鸟儿站在爸爸掌心，低头看看大地，抬头看看苍穹，还有眼前的湖水！它扇动翅膀，脚趾离地，渴望回到自己的小天地。

但它还是飞不起，走不了，翅膀太小而身体太重。

爸爸说道："它不属于大地，水鸟的家在水里。"

爸爸蹲在薄薄的冰面上，远远地伸出双手，将小鸟送回蔚蓝的湖水中。只是那么一瞬间，前一眼还在的小鸟，后一眼就不见了！它自由地穿梭在冰块中间，化身成一个小黑点。

"蹼足能加速，它就可以飞出……看看看，它飞走了！"爸爸说道。

还没等劳拉反应过来，小小黑点冉冉上升，飞奔在金色阳光里，消失在蔚蓝晴空中。劳拉一时眼花，看不见鸟儿了。而爸爸还能远远地看着它朝南方飞去……

这只奇怪的小鸟风雨兼程，从狂风暴雨的北方而来，朝着风和日丽的南方而去。他们不知道，这只小鸟最后怎样了。他们再也没有见过这样的小鸟。他们也从未得知，它是一种什么鸟。

爸爸的视线停留在土地那头。草原的边际线淡淡地染上了彩色——浅棕色、黄褐色、淡灰色、泛绿色、浅紫色……再往远处是灰蓝色。阳光暖洋洋的，空气灰蒙蒙的。劳拉双脚站在干燥稀薄的冰面上，感觉冰凉冰凉的。

四周一片沉寂。不见风儿掀起灰色的草皮，不见鸟儿飞过湖面和天空。只有微泛涟漪的湖水，在悄然拍打这片宁静。

劳拉察觉到，爸爸也在静静地聆听。这寂静犹如严寒般可怕，比声音更有穿透力。劳拉再也听不到湖水拍岸之声，还有那细微的涟漪四散之声。没有一丝声音，没有一点动静，没有一个生物，多么恐怖！劳拉的小心脏跳啊跳，她极度想逃离此地。

"真不喜欢这种感觉！"爸爸慢慢地摇摇头，"这种天气真令人难受，有东西……"他欲言又止，只是连连说了几句，"我不喜欢这天气，真的不喜欢！"

谁也说不清楚，这种天气到底有什么不好。这可是美丽的小阳春啊！霜大姐每晚都光临草原，偶尔带来薄薄的一层冰，但白天总是阳光普照。每天下午，劳拉和玛丽都手牵手，行走在暖暖的阳光里，凯莉则带着格蕾丝在房子附近玩耍。

妈妈说："赶紧晒晒太阳吧！不久冬天到来，你们就只能待在房子里面了。"

大白天，一家人出来接受阳光的爱抚，呼吸清新的空气，冬天可没有这么好的天气了。

但是，不知为何，劳拉在散步时总会不自觉地看向北方。即便北方阳光普照，她也会停下脚步，静静聆听，心神不宁。

"这个冬天将会很难熬，"爸爸说，"这是有生以来最糟糕的一个冬天。"

"为什么这么说，查尔斯？"妈妈不以为然，"现在天气不是挺好的吗？暴风雪下得确实早了点，但哪能说整个冬天很糟糕呢？"

"我捕捉麝鼠好多年了，"爸爸说，"从来没见过它们把墙壁砌得这么厚实。"

"又是麝鼠！"妈妈说。

"动物们对天气了如指掌，"爸爸说，"它们正在全副武装，迎接寒冬的到来。"

"说不定它们只是为了抵挡上次那场暴风雪呢。"妈妈说。

爸爸可不这样认为，"我自己也觉得不对劲。天气似乎正在积蓄坏能量，随时可能爆发。如果我是动物，我就会把洞挖得很深。如果我是野鹅，我就会拼命飞离这儿。"

妈妈嘲笑爸爸："你就是只呆鹅，查尔斯！我好久没有见过这么美丽的小阳春了。"

7. 严 冬 预 警

一天下午，一小群人聚集在城里的霍桑小店内。受暴风雪影响而停运的火车恢复运营。人们离开土地，进城购物，打探消息。

罗耶·怀尔德和阿曼罗·怀尔德两兄弟也进城了。阿曼罗驾驶着自家的摩根斯马队，这可是城里最好的马队噢！博斯特先生站在人群中央，他一笑，周围的人就跟着一起笑。爸爸扛着猎枪进入小店，打不着一只野兔，他只好进城购买咸猪肉，此时霍桑先生正在上秤。

没人听到脚步声，但爸爸觉得身后有人，便转过身子。突然间，博斯特先生停止说话。大伙顺着他的视线看向门口，纷纷从饼干箱子和犁头上站起来。阿曼罗从柜台上滑了下来。大家都一声不吭。

原来是一个印第安人！看见他，大伙像着了魔似的，不敢说话。印第安人站在门口，看看爸爸、博斯特先生、罗耶·怀尔德……最后看着阿曼罗。

深深的皱纹爬满了他的褐色脸颊，干瘪的皮肤包裹着头骨，一凸一凹，形容枯槁。老印第安人挺直身板，双臂交叉置于毯子底下，头顶一绺毛发，发上一根鹰毛。他双眼明亮，眼光锐利。在他身后，阳光晒在布满灰尘的街道上，路边站着一匹印第安小马。

"大雪即将到来。"印第安人说道。

毯子滑落肩膀，露出褐色手臂。印第安人手臂狂舞，向北、向西、向东，

仿佛抓到什么妖怪似的，最后回手画圈圈。

"大雪大风即将到来。"他说道。

"持续多久？"爸爸问他。

"许多天！"印第安人先举起四只手指，再加上三只手指，一共七只手指，也就是七个月！足足七个月的暴风雪！

大伙惊讶地看着他，什么话也没说。

"白人们，别说我没提醒你们。"

印第安人又举起七个手指，"大雪！超级大雪！七个月的大雪！"

之后，他用食指在胸前敲敲点点，自豪地说道："很久很久以前，我见过！"

他走出商店，骑上小马，奔向西边。

"怎么会有这种事呢？"博斯特先生说。

"是说有七场大雪吗？"阿曼罗问道。爸爸告诉他，印第安人的意思是每逢七个冬天就有一个寒冬，三个寒冬过后将迎来一个严冬。今年刚好是严冬，所以暴风雪会下足七个月。

"这个老家伙说的是真的吗？"罗耶迫切想知道，却没人可以给他答案。

"为了以防万一，"罗耶说道，"我们进城过冬吧。咱们的饲料仓可比小棚屋强得多，我们可以待到来年春天。怎么样，阿曼罗？"

"没问题！"阿曼罗回答道。

"你觉得进城过冬怎样，博斯特？"爸爸问道。

博斯特摇了摇头，"我们没办法过来，家中有牛有马有鸡，还有一堆作物。即便我给得起房租，城里也没有这么大块地。我们已经做好充分准备，棚屋也已经修整完毕，艾丽和我就不过来了。"

大家的表情都很严肃。爸爸付完账，迅速回家，偶尔看看西北方的天空，阳光四射，多么晴朗！

爸爸进屋时，妈妈正从烤炉内取出面包。凯莉和格蕾丝跑着把爸爸迎进来。劳拉从椅子上蹦了起来，而玛丽依然在安静地织衣服。

"怎么了，查尔斯？"妈妈一边说，一边将香喷喷的面包倒出烤盘，放在一块干净的白布上，"怎么这么早回家？"

"没事，这是你要的白糖、茶叶和一点咸猪肉。我没有抓到兔子。没什么事！"爸爸来来回回地重复说这句话，"但是，我们要尽快搬到城里去。我要先把干草拉过去，储存好。要是抓紧点的话，我能赶在日落前拉一个干草堆。"

"天啊，查尔斯！"妈妈倒吸了一口凉气，此时爸爸已经前往马厩了。凯莉和格蕾丝看看妈妈，看看劳拉。劳拉看着妈妈，妈妈更是无助地看向女儿。

"你爸爸从来没有这样过。"妈妈说道。

"别担心妈妈，爸爸说没事的。"劳拉不停地安慰妈妈，"我要跑过去帮他拖草垛。"

妈妈来到马厩时，爸爸正在给马儿上鞍。

"今年是严冬啊！"爸爸说道，"说实话，我很害怕。我们的房子只是小棚屋，抵御不了严寒。你看看，刚经历了第一场暴风雪，我们的焦油纸已经破得不像样了。城里的房子结实牢固，内有天花外有围墙，既舒适又温暖，马厩也不例外。"

"有必要这么急吗？"妈妈问。

"我就是想早点办好这事儿。说我像麝鼠也好，像野鹅也罢，我就想快点把你和女儿们接到厚厚的墙内。我老早就想这么干了，更何况今天印第安人……"

爸爸突然闭上了嘴巴。

"什么印第安人？"每次讲到印第安人这个词，妈妈一脸憎恨，仿佛能闻到他们的气味似的。一直以来，妈妈看不起印第安人，也对他们充满恐惧。

"有些印第安人是好的，"爸爸向来这么认为，"他们知道我们所不了解的事情。晚饭时再告诉你吧，卡罗莱。"

爸爸耙起干草往架子里送，劳拉娴熟地将其踩平。她双脚动得很快，干草越积越多，远远高出马背。

爸爸对劳拉说："到城里以后，我自个儿能干，你可不能再像个男孩子一样干活了哦。"

劳拉从干草架上滑落，掉到干草垛上，看着爸爸驱车离开。小阳春的下午暖暖的、香香的、静静的。土地表面泛起层层涟漪，淡淡的五彩延伸至远方。天空柔和得很。然而在这份舒适和安宁之下，某种坏能量正蓄势待发。劳拉明白了爸爸的用意。

"噢，但愿我拥有一双鸟儿的翅膀！"劳拉突然想起了《圣经》里面的这句话。如果有翅膀，她会展翅飞翔，迅速逃离此地，飞向暖和的南方。

劳拉神色凝重，回家帮妈妈干家务。可惜大家都没有翅膀，只能搬到镇上过冬。妈妈和玛丽并不介意，但劳拉打心眼里不想到这么多人的地方去。

8.小镇之家

爸爸的商店建筑在镇里数一数二。它独自坐落在大街东面，装饰门面高大方正，上层楼有一扇窗户，下层楼有两扇窗户，中间是一扇正门。

爸爸没有在此停下装货马车，而是拐弯进入第二大街。这里只有一条路，没其他建筑。马车从商店背后驶过，进入一扇披屋门。多么结实的木质马厩啊！旁边已有一个干草垛。劳拉顺着第二大街望去，看见一幢新建的房子。相比之下，爸爸的马厩和商店早已饱经风霜，灰白灰白，与大街上的其他商店并无差异。

"我们到啦！"爸爸说，"用不了多久，我们就可以在这里安顿下来了。"

爸爸松开货车背后的绳索，解开母牛艾伦和大牛仔，劳拉将它们引至畜栏。卸完干草，爸爸将货车赶到马厩，给马儿解开绳索。

披屋的内门开在楼梯底下，一直向上延伸到狭窄的里屋，这里就是厨房啦！朝着厨房的窗户往外看，马路那头是第二大街，对面是一片空地，旁边有一间闲置的小型商店。远远地顺着草原看去，东北方出现了一个两层楼的火车站。

妈妈打量着空荡荡的前厅，仔细思考该怎样布置房间。

又大又空的厅房内，站着一个燃煤加热炉，以及一套锃新锃亮的桌椅。

"这些桌椅是哪里来的？"劳拉兴奋地喊道。

"爸爸带回来的。"妈妈说，"卡罗尔法官的新舍友有桌子，所以他把自己的旧桌椅和燃煤加热炉给了爸爸，用来扣除部分租金。"

这桌子竟然有抽屉，有分类架，还有灵活的伸缩盖！可以拉伸、下弯和上推。上推的时候，桌面便完全消失了。

"我们可以把摇摇椅放在那扇窗户旁边，"妈妈继续说道，"这样一来，玛丽整个下午都可以晒太阳，我也可以给你们念书到天黑。我们先把凳子搬过去吧，这样玛丽可以带着格蕾丝妹妹玩，免得她捣乱。"

说干就干，妈妈和劳拉将摇摇椅拖到窗户旁边。接着，把桌子打斜，从门口推进来，放在燃煤加热炉和厨房的中间。"坐在这儿吃饭会很温暖的。"妈妈说。

"现在能挂窗帘了吗？"劳拉问。她总觉得，那两扇窗户就像两只奇怪的眼睛，直勾勾地盯着自己看。窗外的大街上，路人来来往往，常常停下脚步，打量繁华的商店，比如富勒五金店、旁边的小药店、鲍尔裁缝店、洛夫斯特杂货店、干货店、日用商品店。

"可以啊，越早越好！"妈妈拿出棉布窗帘，与劳拉一齐挂上去。此时一辆马车经过窗口，停在第二大街上，跳下五六个男孩和五六个女孩。

"放学啦！"妈妈兴奋地说道，"你和凯莉明天也能去上学啦！"

劳拉什么也没说。一想到要见这么多陌生人，她就害怕，她就着急，她就心虚。她不喜欢小镇，不想上学！可这些，又有谁知道。

真不公平！玛丽想成为一名教师，无奈眼睛看不见。劳拉不想教书，却必须教书，因为这样能让妈妈开心。或许她这辈子都注定要和陌生人打交道，教导陌生孩子念书。不论心中如何害怕，她都不能表露出来。

不！爸爸说过不能害怕，要勇敢起来，战胜恶魔。即便能克服恐惧，劳拉也不可能喜欢陌生人。她可以理解动物的所作所为、所思所想，但一碰到善变的人，她就拿不定主意了。

不管怎样，有了窗帘，陌生人就看不进来啦。凯莉将没有扶手的椅子整齐摆放在桌子周围。地板由新鲜松木制成，锃亮发光。劳拉和妈妈在每个门口都摆上了一条漂亮的地毯，大大的房子看上去温馨可人。

爸爸正在厨房内安装灶台。火炉烟囱直直竖起，既坚硬又结实。还有一个放干货的橱柜，它直直靠在门对面的墙上。

"好了！"爸爸说道，"灶台和橱柜的位置刚刚好，从餐桌过来正合适。"

"是啊，查尔斯，你考虑得真周到！"妈妈夸奖爸爸能干，"现在，我们再把床搬到楼上去，就算大功告成啦！"

爸爸站在楼下，递上一块一块的床架。妈妈和劳拉接过床架，拖进楼梯顶部的活板门。羽毛床垫挺着胖乎乎的身子，艰难地挤了进来，还有毛毯、床单和枕头。接着，爸爸就和凯莉一起到干草垛那头塞褥套。城里人不种植谷物，没有稻草，所以只能用干草做褥芯。

阁楼屋顶之下，一张厚厚的建筑纸隔开两个房间，房间内各有一扇窗，一扇朝东，一扇朝西。从朝东的窗户往外看，遥远的天际线、辽阔的大草原、美丽的新房子、坚固的新马厩尽收眼底。往下看，爸爸和凯莉还在制作干草褥芯呢。

"爸爸和我住在靠着楼梯的这间房，你们女孩们住前面那间。"妈妈愉快地做了决定。

装好床架，摆上木条，铺床工夫已经完成一半。爸爸从楼下递上肥嘟嘟、窸窣响的褥子，劳拉和凯莉两姐妹开始整理床铺。妈妈下楼准备晚饭。

透过西面的窗户，夕阳余晖如洪水般入侵了整个房间，撒下一片金碧辉煌。干草散发诱人的自然清香，在褥套里噼啪作响。两姐妹放上羽毛床垫，轻轻拍打。一个在左，一个在右，摊开床单、毛毯和棉被，整整齐齐地折成方块，放在床上一角。再拍打拍打枕头，放在合适的位置，床就算铺好了！

铺完三张床，一家人正式搬进了小镇之家。

夕阳柔美而阴凉，劳拉和凯莉借着夕阳余晖看向窗外。爸爸和妈妈正在楼下厨房谈话，两个陌生人在街上聊得正欢。不太远的那头，有人在吹曲子。大大小小的声音在城里荡漾，交织成一曲美丽的小镇之歌。

商店正门的背后，一股股白烟袅袅升起，吹过富勒五金店，穿过第二大街，直奔西面的大草原，抵达一座小楼。它孤独地站立在枯草之上，沐浴在夕阳之下，西面四扇窗，东面更多窗。在正面三角屋顶，有一个入口，看起来真像小楼的鼻子。小楼上方有根烟囱，但不见有烟冒出。劳拉猜想："估计这就是学校了吧！"

"真希望不用上学。"凯莉嘟哝着嘴巴。

"我们必须得去。"劳拉说道。

凯莉疑惑地看着姐姐，"难道你……不害怕吗？"

"没什么好怕的！"劳拉鼓起勇气，"如果有，也吓不倒我们。"

灶台的火烧得正旺，楼下暖洋洋的。妈妈说，房子很结实，不用什么炭火就能温暖整个房子。说罢，她取出晚餐，玛丽摆好碗筷。

"我不需要人帮忙，"玛丽很开心，"虽然橱柜换了个地方，但是妈妈将盘子都放在老地方，我能很轻松地找到它们。"

妈妈将台灯放在餐桌上，正厅瞬间敞亮了不少。乳白色的窗帘、蜡黄色的桌椅、摇摇椅的垫子、漂亮的碎呢地毯、红通通的桌布、松木色的地板、灰白色的墙和天花板……四周严严实实，小小寒气休想钻进来。

"真希望咱们地里也有这么好的地方。"劳拉说道。

"很高兴搬进小镇，今年冬天女儿们能上学啦！"妈妈说道，"以前在地里，天气一差都没法走人。"

"在这里住，不愁煤炭和日用品，真让人心满意足。"爸爸对大家说，"煤炭多好，能源源不断地供热，忽冷忽热的柴火比不上。我们在披屋内储存好大量煤炭，就能熬过暴风雪了。木场离这儿不远，我可以经常过去买些煤炭回来。住在小镇就是这点好，不愁用光日用品。"

"小镇住了多少人？"妈妈问道。

爸爸数了数，"这里有十四座商店建筑和一座车站。还有舍伍德一家、加兰德一家、欧文一家……有十八个家庭，还不包括后街的三四个小棚屋。怀尔德兄弟住在饲料仓里面。还有一个名叫福斯特的牧民，赶着牛队住在舍伍德家中。算起来，总共有七十五到八十人住在这里。"

"想想去年秋天，这个地方连个鬼影都没有！"妈妈朝爸爸笑了笑，"查尔斯，待在城里总归是好的，你这个建议真棒。"

确实如此，但爸爸还是皱了皱眉头，"只不过这些都要花钱，如今我们几乎分文不剩。铺铁路是个好差事，一天能挣一美元，但它现在不雇人。如果说打猎，附近的猎物只有野兔。这个时节真适合去俄勒冈州啊！不过那儿很快也会人满为患。"

"没错，但顾不上那么多了，现在是时候让女儿们上学了！"妈妈坚定地说道。

9. 上 学 奇 遇

整整一晚，劳拉辗转难眠，小镇生活离她越来越近，而她却倍感窒息。一想到明天早晨去上学，劳拉的小心脏就扑通扑通跳个不停……天亮了，街上传来脚步声、说话声，小镇慢慢苏醒，店主纷纷开门营业。

房屋围墙挡住了陌生人，但劳拉和凯莉依旧心事重重，因为她们即将走出温暖的家，进入陌生的世界。玛丽也不开心，因为她看不见字，上不了学。

"劳拉、凯莉，没什么好担心的，"妈妈说，"你们一定能跟上其他同学的。"

她们吃惊地看着妈妈，这有什么好担心的？妈妈不是一直在家里教我们念书吗？我们一定不会拖后腿。反倒是，外头那个陌生的世界吓坏了姐妹俩。即便如此，她们还是很有礼貌地跟妈妈告别："好的，妈妈。"

两姐妹飞快地刷完碗、铺好床、扫好地，穿上羊毛冬装、梳理头发、扎上小辫、系上周日发带、扣上鞋子纽扣，整装待发。

"快点，女儿们！"妈妈喊道，"已经八点多了。"

就在这时，慌慌张张的凯莉猛地一拉，一颗鞋子纽扣掉了下来，滚啊滚，消失在地板缝隙里。

"噢，不见了！"凯莉喘着粗气，失望极了。那一排小小的黑纽扣中间出现了一条裂缝，多难看啊！可不能穿着它出门！

"我们可以从玛丽的鞋子上取下一颗纽扣！"劳拉说道。

可是，妈妈已经听到了纽扣落地的滴答声。她找回纽扣，重新给凯莉缝上并扣好。

最后，两姐妹准备妥当。"你们看起来可真漂亮！"妈妈笑眯眯地看着两个女儿。劳拉和凯莉穿上外套，围上头巾，带好课本，告别妈妈和玛丽，走上小镇大街。

商店全都开门了。富勒先生和布兰德利先生刚扫完地，拿着扫帚，欣赏这个美丽的早晨。凯莉紧紧抓住姐姐的手。一想到凯莉比自己还害怕，劳拉反而舒了一口气，自己要勇敢起来，保护妹妹凯莉。

两姐妹鼓足勇气，穿过宽阔大街，沿着第二大街稳步前进。太阳慢慢爬上树梢。车轮痕迹旁出现了一团团影子，原来是枯草在风中晃动。长长的影子投射在身前，掩盖了许多脚印。这条路可真漫长！远远可见，学校独自屹立在辽阔的草原之上。

看！学校门前有一群男孩在玩球，门外操场有两个女孩在聊天。

两姐妹越走越近。突然间，劳拉感觉喉咙一紧，快要窒息。眼前这个女孩身材高挑，皮肤黝黑，长着一头乌黑柔顺的头发，绾了个大大的发髻，穿着一件靛蓝色的羊毛裙。劳拉想起自己那件棕色的羊毛裙，可短多了。

突然，一个男孩双脚跃起，双手抱球。他高大魁梧，行动如猫，动作敏捷。两只蓝眼炯炯有神，可惜一头黄发快被日光漂白了。一看到劳拉，他便笑盈盈地朝她扔球。

球儿飞过来，在空中划下一条优美的抛物线。想都没想，劳拉迅速跳起来接住球。

其他男孩纷纷喊道："嘿，卡普！女孩不玩球！"

"我没想到她能接住。"卡普回答道。

"我才不想玩。"劳拉说完便把球扔回去。

"她玩得很好！"男孩大声朝劳拉喊道，"过来跟我们一起玩！"然后转身看向另外两个女孩，"过来，玛丽·鲍尔！过来，米妮！跟我们一起玩吧！"

劳拉捡起不小心掉落的书本，牵起凯莉的手，走向其他女同学。学校女生当然不会跟男生玩。劳拉心头直犯嘀咕：真不知道自己为什么会接住那个球，好惭愧！好害怕！以后女同学们会怎么看自己？

"我是玛丽·鲍尔，这是米妮·约翰逊。"黑黑的女孩微笑着说道。米妮·约翰逊身材瘦小，脸色苍白，脸带小雀斑。

"我是劳拉·英格斯，这是我的妹妹凯莉。"劳拉说。

玛丽·鲍尔露出了迷人的微笑，深蓝的双眼咕噜转，顶部的睫毛黑又长。劳拉笑着跟新同学打招呼，并决定明天要绾发，还要让妈妈也做一条这么长的裙子。

"向你们扔球的是卡普·加兰德。"玛丽·鲍尔说道。

劳拉还想说点什么，可这时，老师手拿铃铛走出门口。铃铃铃……清脆的上课铃声响起，同学们全都回到了课室。

入口处有一排钉子，上面整齐地挂着同学们的外套和头巾。角落里有一把扫帚，旁边长凳上摆着一只水桶。同学们齐刷刷地进入教室。

一见明亮崭新的教室，劳拉又害羞地低下了头，后面紧紧地跟着凯莉妹妹。所有书桌都长得一样，由木头制成，打磨得跟玻璃一样光滑。黑乎乎的桌脚由钢铁制成。桌椅有一点点弧度，靠背与后面桌子连在一起。桌面有凹槽，可放置铅笔。桌下有架子，可放置书本和写字石板。

大教室的四周围着十二排桌椅，中间装有一个大火炉，前后各有四张桌子。此时，几乎所有位置都空着。看看女同学这边，玛丽·鲍尔和米妮·约翰逊一起坐在后面。再看看男同学那边，卡普·加兰德和其他三个大男孩也一起坐在后面。只有几个小男孩小女孩坐在前面。上学一个礼拜了，全部学

生都知道自己该坐哪儿，只有劳拉和凯莉还一头雾水。

老师说："你们是新同学吧？"多么年轻和蔼的老师啊！多么漂亮的卷刘海啊！她那条黑色裙子的紧身衣从前方开口，由扣子固定，油黑发亮。劳拉向老师介绍自己和妹妹凯莉。老师笑脸相迎，"你们好，我是弗洛伦斯·加兰德。我住在你们家后面那条街上。"

原来卡普·加兰德是老师的弟弟，原来大草原上那栋新房子就是他们的家，就在马厩的那头。

"你们读过《第四读者》吗？"老师问道。

"是的，老师！"劳拉对这部作品每字每句都烂熟于心。

"那我们就来学学《第五读者》。"老师让劳拉坐在中间偏后的位置，与玛丽·鲍尔隔着一条通道，让凯莉与其他小同学坐在前面。随后，老师走上讲台，拿起戒尺，敲敲桌子。

"准备上课！"老师打开《圣经》，"今天早上，我将读读第二十三章。"

劳拉对圣歌了然于心，但她毫不介意再听一遍。

"耶和华是我的牧者，我不该有所求……我的一生一世，恩惠慈爱与我相伴；我且要住在耶和华的殿堂中，直到永远。"

老师合上《圣经》，所有学生打开教科书，正式上课。

日子如流水，劳拉对学校的感情与日俱增。她没有同桌，但在课间休息和午饭时分，总能跟玛丽·鲍尔和米妮·约翰逊聊上几句。日出时，大家一起去上学。放学后，大家一起回大街。卡普·加兰德曾两次邀请女孩们一起玩球，但她们只是待在教室里看他们赛球。

那个长着棕眼睛、黑头发的男生是本·伍德沃斯，他住在火车站里。他父亲老伍德沃斯曾经病得很严重。去年收成不好，老伍德沃斯只能遣散自己和最后一位货车司机。大草原真有魔力，治好了他的肺病。如今他追随草原医生的足迹，重返西部，成为一名车站代理人。

另一个男生是阿瑟·约翰逊。他跟姐姐米妮一样瘦小好看。卡普·加兰德最强壮、最敏捷。透过窗户，劳拉、玛丽和米妮都在盯着他看。只见他抛起球儿，大步一跃，接回球儿。他没有黑头发的本帅气，但就是跟人不一样，温文儒雅。他的笑容如同一道亮光，仿佛初生的朝阳，拥有改造万物的力量。

虽然玛丽·鲍尔和米妮·约翰逊在东区上过学，但劳拉能轻易跟上她们。卡普·加兰德也是东区人，但就连劳拉最不擅长的数学，他都比不过。

每一天晚饭过后，劳拉拿出书本和写字板，坐在红格布餐桌上，借着台灯的光，与玛丽一起预习第二天的课程。劳拉会大声念出数学问题，然后在写字板上计算，而玛丽则在脑子里运算。劳拉还会与玛丽共同学习历史和地理知识，直到两人能熟练地答出每个问题。玛丽心想：我要好好准备，指不定哪天爸爸有钱送我上盲人学校呢。

"即便不能上学，"玛丽说道，"我也要尽量学多点。"

玛丽、劳拉和凯莉非常享受学习的过程，她们开始讨厌周末，满心期待周一的到来。可周一到，烦恼来。劳拉穿着红色法兰绒内衣，又热又痒，一肚子火。

背部痒、颈部痒、手腕痒……最可恶的是，法兰绒在她踝关节上、袜子内、鞋子里叠起小褶皱，简直要把她逼疯了。

中午时分，劳拉请求妈妈允许她换上凉爽的内衣。"法兰绒实在是太热了，妈妈！"

"我知道天气在变暖，"妈妈温柔地安抚女儿，"但这就是穿法兰绒的时节啊，脱掉你就会着凉。"

劳拉憋着一肚子火，回到教室里。她上下扭动身子，想挠又不敢挠。她打开地理书，却丝毫看不进去。真想脱掉这法兰绒，回家挠挠身子啊！西边的太阳怎么还没有下山？

终于！夕阳西下，仿佛有人吹灭了太阳之灯。门外阴沉沉，窗户灰蒙蒙，突然有阵风冲进学校大楼，晃动窗户大门，咔嗒咔嗒作响，像是要拆掉围墙似的。

加兰德老师马上从座位上站起来，比亚兹利家的小女孩大喊大叫，凯莉也吓得脸色苍白。

劳拉心想："梅溪村也曾经发生这种事情，爸爸还在那个圣诞节迷路了。"她双手合十，全心祈祷爸爸安全在家。

老师和同学们盯着窗外，灰蒙蒙的什么都看不见。看着这群惊慌失措的孩子，加兰德老师说道："同学们不要慌不要怕，这只是一场暴风雪，继续温习功课吧。"

暴风雪哗啦哗啦地冲刷着外墙。狂风钻进烟囱，发出长长的一声尖叫，而后传来阵阵呻吟的哭声。

同学们把头埋在书本里，因为加兰德老师说要继续上课。然而，劳拉却一心想要回家。学校离小镇大街很远，沿途并没有指示牌。

夏天的时候，其他学生刚从东区搬过来，他们从未见过草原风暴。但劳拉和凯莉经历过暴风雪的肆虐，她们害怕极了。凯莉将头埋进课本里，两条美丽柔顺的小辫子中间露出发白的皮肤。风暴面前，她软弱、渺小、无助、害怕。

学校只剩下一点燃料。董事会已经买好了充足的煤炭，但商家只送来了一车。劳拉心想，撑到暴风雪过去也不是不可能，除非焚烧所有昂贵的课桌来取暖。

劳拉奋拉脑袋，看向加兰德老师。加兰德正紧紧咬住嘴唇，寻找万全之策。暴风雪肆虐，不能放孩子们回家，该怎么办？她吓得一脸苍白。

"我应该告诉她怎么办！"想是这么想，但劳拉自己都不知道出路在何方。出去不安全，继续待着也不是办法。即便烧掉十二张昂贵的书桌，也不一定能撑到暴风雪过去。这时，她想起了挂在门口的外套。不管怎样，不能冻着凯莉妹妹，更何况寒气已经在教室蔓延。

"砰！"门口传来一阵巨响，所有人都惊恐地看向大门。

门开了，一个男人跌跌撞撞地跑了进来。他裹着外套、帽子和围巾，浑身雪白。雪水渗进羊毛衣服，结了一层厚厚的冰。直到拉下硬邦邦的围巾，大家才认出他来。

"我来接你们回去！"他对加兰德老师说。

原来是福斯特先生。他带着牛队进城过冬，住在舍伍德家里，与老师的家隔了一条街。

加兰德老师感动不已。她拍了拍戒尺，"全体注意！现在放学。大家可以到门口拿外套，回到火炉旁，穿上它们。"

劳拉对凯莉说："你待在这里，我会把你的外套拿进来。"

门口又冰又冷，雪花不时飞进墙壁的裂缝。还没拿到外套和头巾呢，劳拉就冻得直打寒战。她找到凯莉的衣物，一把抱在怀里，飞快跑回教室。

大家围在火炉旁边，穿上衣物，绑好带子。卡普失去了往日的笑容，他眯着蓝色双眼，耷拉下巴，仔细听福斯特先生的指挥。

劳拉将围巾结实地包裹在凯莉的小白脸上，紧紧握住她的双手。还好妹妹有手套戴，劳拉松了口气，"别担心，我们会没事的！"

"全部都跟我来！"福斯特先生抓住老师的手臂，"一个接一个，不要散开。"

他打开门，与加兰德老师一齐开路。玛丽和米妮各带着一个比亚兹利女孩，后面紧紧地跟着本和阿瑟。劳拉带着凯莉冲进漫天大雪中。卡普跟在最后，关上了大门。

狂风无情地抽打众人，呼呼呼地飞旋在天地之间，令人寸步难行！学校已经消失在视线里，眼前一片花白，唯见雪花乱舞。同伴们的影子忽隐忽现，难以瞧见。

劳拉感觉自己快窒息了。雪花融化，结成冰晶，模糊了她的双眼，阻塞了她的呼吸。就连裙子也不安分，跟着狂风一齐鞭打劳拉，捆住她的双脚，窜到她的膝盖之上。劳拉裹足难行，突然双脚一紧，跌倒在地。她拉紧凯莉。这时的凯莉在风中跟跟跄跄，苦苦挣扎。狂风刮走了她，又把她拍打回来，压倒在劳拉身上。

"这样下去可不行！"劳拉心想。但眼下没有其他办法。

狂风暴雪席卷而至，劳拉感觉既无助又痛苦，但还是紧紧抓住凯莉的手不放。狂风从四面扑来，她无法看见、无法呼吸、跌跌撞撞，时而被抬起，时而被压下。其他人一定在前面，要加快速度赶上他们，才不会迷路。如果迷失在草原里，她们肯定会被冻死的。

可能大家都迷路了！小镇大街明明只有两个街区远，但如果稍微往北走或者往南偏，大家就会错过商店，迷失在绵延数里、空空荡荡的大草原中。

劳拉心想，走了那么久，小镇大街早该到了，怎么眼前还是一片苍白？

暴风雪似乎温柔了一点，劳拉看见前方出现了几个模糊身影。大雪染白了小镇，染灰了众人。劳拉牵着凯莉，用尽全力往前冲，可算摸到了加兰德老师的衣服。

全部人都停下脚步，蜷缩在衣服里。风雪迷离，他们就像一个个扎堆的肉团。老师和福斯特先生正在努力交流，然而狂风吹走了他们的呐喊，没人听得见他们的对话。这时，劳拉开始体会到了刺骨之寒。

尽管戴了手套，劳拉双手麻木，几乎感觉不到凯莉的小手。她浑身发抖，内心那个勇敢女将摇摇欲坠。身子中间有个顽固小结刺得劳拉隐隐作痛，身子一抖，小结收紧，疼痛加剧。

她很心疼凯莉。天太冷，凯莉怎么能顶住？她太瘦小，太脆弱，不能再经受狂风暴雪了，要赶紧回到庇护所。

福斯特先生和加兰德老师再次出发，带领学生朝左边走了一点。所有人跟跟跄跄地跟在后面。劳拉抽出口袋里的那只手，牵住凯莉。突然，身边闪过一个人影，这是卡普！

他没有跟着大队往左走，而是直直走进暴风雪中，双手插袋，脑袋低垂。狂风怒吼，鹅毛大雪乱飞，吞噬了卡普那勇敢的身影。

劳拉不敢跟着他，一来要照顾凯莉，二来老师让大家跟着她走。不知为何，劳拉总觉得卡普的路线是对的，但万一不对呢？还是让凯莉跟着大队走比较好。

她牵紧凯莉，加快脚步，紧紧跟在福斯特先生和老师之后。冷气入侵，劳拉胸部疼痛，呜咽呜咽在呻吟。冰冷的雪粒子落在眼睛里，如同沙子在蹂躏，劳拉难受得睁不开眼。小凯莉不惧风雪，扑通扑通地跌倒，又呼哧呼哧地站起，继续前进。只有在暴风雪稍微薄点时，她们才能瞥见前方的身影。

不知为何，劳拉觉得大家走错路了。这里渺无人烟，不见太阳，不见天空，狂风肆虐，真让人找不着北。除了满眼纷飞的大雪、挥之不去的寒气，再无其他。

刺骨严寒、呼啸狂风、鹅毛大雪——真让人抓狂！真让人窒息！跋涉不停，疼痛不止，何时是个头？爸爸曾经在梅溪河岸熬了三天，撑过那场暴风雪。可是这里没有堤岸，只有赤裸裸的大草原。爸爸曾经说过，绵羊遇到暴风雪会紧紧挤成一圈，减少死亡概率。人类也可以这么做。凯莉快累得走不动道了，可是劳拉又抱不动她。两姐妹只好尽力往前走……

突然，在这个天旋地转的白色世界里，劳拉撞到了一个东西。她的肩膀受到重重一击，双脚晃动，撞到一块硬邦邦的东西上。好高好硬！这是……这是墙角！她的手碰到了，眼睛看到了，原来自己撞到一栋建筑上了。

她拼尽全力大喊："这里！这里有栋房子！快过来！"

房子四周狂风怒吼，一开始没人听见她说话。劳拉扯下结满冰块的围巾，露出小嘴，大声呼喊。这时，她才看到有身影不断朝自己靠拢。带头的福斯特先生和加兰德老师，蜷缩成一团，身影比墙影还小。一个、两个、很多个……所有人都围了过来。

没有人说话，他们全部站在一起——玛丽·鲍尔、米妮和比亚兹利家的小女孩，阿瑟·约翰逊、本·伍德沃斯和维尔马斯家的小男孩。就差卡普·加兰德一人。

他们沿着围墙边缘，走到房子前面，原来这是坐落在大街最北面的米德旅馆。

除此之外，还能看见一条积满大雪的铁轨、一座孤独的车站、一片辽阔的草原。如果劳拉跟紧大队，说不定会错过那扇墙，说不定全部人都会迷失在小镇北部，困在一望无际的草原里。

他们在灯光明亮的窗口站了一会儿，多么温暖多么舒适的旅馆啊！可暴风雪越来越大，他们必须尽快回到家。

沿着小镇大街往前走，除了可怜的本·伍德沃斯，大部分人都能找到回家的路。因为从这里到他家车站，中间毫无标志，本只能待在旅馆，等待暴风雪过去。父亲工作稳定，收入不错，本能够住得起旅馆。

维尔马斯杂货店在大街那头，米妮和阿瑟·约翰逊的家就在旁边，他们顺道送回了维尔马斯家的小男孩。其他人紧贴着建筑物，经过沙龙、罗耶·怀尔德饲料仓、巴克杂货店，将两个小女孩送回比亚兹利旅馆。

艰难跋涉基本结束。经过寇斯五金店，穿过第二大街，越过富勒五金店，到达药店门口，旁边就是玛丽·鲍尔的家，她的父亲在此经营一家裁缝店。

劳拉、凯莉、加兰德老师和福斯特先生必须穿过宽阔的小镇大街。如果错过爸爸的房子，他们至少能看到干草垛和马厩，不至于迷失在大草原里。

幸好没有错过。有一扇窗户散发着柔和的光，福斯特先生迅速跑过去，带着老师，沿着晾衣绳、干草堆和马厩，回到了加兰德之家。

站在家门口，劳拉和凯莉都安全了。劳拉不断摸索着门把，可惜双手僵硬麻木，无法扭动它。还好爸爸打开了房门，及时接回了两个女儿。

爸爸裹上了外套、帽子和围巾。看到两个女儿回来，他立即放下手中的灯笼和卷绳，"我正准备去找你们，回来就好啊！"

回到温暖的房子，两姐妹深深吸了一口气。这儿真安静，没有狂风的推搡！虽然眼睛还是一团模糊，但冰雪已经放过它们了。

劳拉感觉到，妈妈正用双手撕开冰冻的围巾，"劳拉没事，凯莉还好吗？"

"她好着呢。"爸爸说道。

妈妈摘下劳拉的头巾，解开她的外套，脱下她的衣袖。"这上面满满的全是冰。"妈妈抖动衣物，透明的冰块窸窸窣窣地掉落在地板上。

"还好，"妈妈说，"结果好则一切都好！你没有被冻伤，快去火堆旁边烤烤身子。"

劳拉弓着身子，举步维艰，用手指慢慢掏出藏在羊毛袜和鞋子间的雪块，一步一步挪到火炉旁边。

"坐我这里吧，"玛丽从摇摇椅上站起来，"这儿最温暖了。"

劳拉僵硬地坐下来，全身麻木，脑子都转不动了。她揉揉双眼，突然看到手中间有个粉色的小血点。原来大雪刮伤了眼睑，一滴一滴在流血。煤炉加热器泛着火红的光，源源不断给劳拉送温暖，然而她却感到内心异常地寒冷。炉火能暖和身子，却无法融化心灵冰块。

爸爸抱着凯莉坐在火炉旁，脱掉她的鞋子以防冻伤双脚，还用披巾紧紧裹着她。然而，披巾也跟着凯莉一起打寒战。"我好冷，爸爸。"她说。

"你们真是冻坏了，稍等一会儿，我给你们端热茶。"妈妈飞快地奔进厨房。

不一会儿，她递给两姐妹每人一杯热气腾腾的姜茶。

"天啊，真香！"玛丽咽了咽口水。格蕾丝靠在劳拉膝盖旁，眼巴巴地盯着茶杯看，劳拉让她吸了一口。"姜茶不够喝吗？"爸爸问。

"可能还有剩的。"妈妈再次回到厨房。

还是家里好！这儿很安全，能挡风能遮雨，想睡就睡，天堂也不过如此！劳拉的身子慢慢回暖，她细细地品味手中的热姜茶，唇齿留香。妈妈、格蕾丝、爸爸、凯莉和玛丽全都在享用姜茶。任凭窗外寒风怒号，大雪纷飞，大屋坚实地将他们拥入怀里。

"还好您没有出来找我们，爸爸，"劳拉昏昏欲睡，"我一直在祈祷，您要安安全全的。"

"我也是。"凯莉舒服地依偎在爸爸怀里，"还记得那年圣诞节，您迷失在梅溪河岸，找不到回家的路……"

"我也担心自己会迷路。"爸爸表情严肃地说，"卡普闯进富勒五金店，说你们全部朝着草原的方向前进时，我吓坏了，就赶紧拿着绳子和灯笼去找你们。"

"幸好我们都平平安安到家了。"劳拉撑起半边眼皮。

"是啊，不然我们就要组队找你们，这无异于在茫茫草原中寻找一根针。"爸爸说道。

"现在别想这些了。"妈妈说。

"多亏了卡普，他是个聪明的男孩。"爸爸连连夸奖他。

"好了，劳拉和凯莉，赶紧上床休息吧！"妈妈说，"你们需要好好睡一觉了。"

10. 三天三夜暴风雪

第二天早上，劳拉睁开眼，瞧见头顶的钉子紧紧抓住天花板，全部穿上了雪白的霜衣。窗玻璃从下往上结了厚厚的一层霜。坚固的围墙内，光线阴暗。暴风雪依然在外头鬼哭狼嚎。

凯莉也醒了，她和格蕾丝睡在离烟囱不远的一张床上。她睁开小眼睛，躲在被子底下偷看劳拉。深深地呼出一口气，看看天气有多冷。尽管靠近烟囱，气体遇冷还是液化成朦胧的白雾。还好屋子建得密实，大雪无法攻破围墙和屋顶。

劳拉和凯莉全身既僵硬又酸痛，但妈妈过来叫她们起床了。溜出温暖的被窝，寒气瞬间让人窒息，劳拉迅速抓起衣服和鞋子，跑到楼梯顶部。"妈妈，我们可以到楼下穿衣服吗？"她一边喊，一边想：还好在法兰绒睡袍之下，穿了红色法兰绒内衣，真温暖！

"可以，你爸爸在马厩那边呢。"妈妈回答说。

灶台的热气弥漫了整个厨房，台灯柔和的光增添了几分温暖。劳拉穿上衬裙、外套和鞋子，捧着妹妹们的衣服下楼烘热，再用被子包裹格蕾丝下楼。当爸爸提着一桶半冻的牛奶进屋时，姐妹们已经穿戴整齐，洗漱完毕。

他呼呼呼地直喘气，融化了胡子上的雪和霜，"唉，严冬已经开始了。"

"怎么了，查尔斯？"妈妈说，"你怎么突然担心起冬天来了？这可不像你啊。"

"我没有担心，"爸爸回答，"只是这个冬天会过得很辛苦。"

"即便如此，"妈妈信心满满，"住在城里买东西不是问题，暴风雪再大也没事。"

暴风雨结束前，两姐妹上不了学。干完家务活，劳拉、凯莉和玛丽开始温习功课，之后一边刺绣，一边听妈妈给她们念书。

有一次，妈妈抬起头看向窗外，仔细聆听北风呼啸，"看起来，这次暴风雨又要下个三天三夜了。"

"那这星期就不用上学了。"劳拉很好奇，玛丽·鲍尔和米妮这会儿在干吗呢？前厅真温暖，窗户上的白霜融化了一角，变成冰块。劳拉朝玻璃呼出一口热气，抹出一个小洞，隔着透明玻璃看向窗外那个雪白的世界。大雪纷飞，连街道对面的富勒五金店都看不见。爸爸刚过去那边，跟其他人围在火炉旁聊天。

街道上头，经过寇斯五金店、比亚兹利酒店、巴克杂货店，可见又黑又冷的怀尔德饲料仓。没人会在这时买饲料，罗耶·怀尔德干脆熄灭炉子里的火，回到后厅。这是他和阿曼罗的住所，既温暖又舒适。此时，阿曼罗正在煎薄饼。

罗耶不得不承认，妈妈煎薄饼的功夫可远远比不上阿曼罗。他们小时候生活在约克郡，长大后跟着爸爸在明尼苏达州的大农场干活，从未想过要烹饪，因为这是女人的活儿。但自从来到西部，他们承包土地干农活，不煮饭就会饿肚子。阿曼罗成为一名家庭小厨师，一来因为他手脚勤快，什么都能干；二来因为哥哥总以为自己是老大，什么都不用干。

刚来到西部时，阿曼罗只有十九岁，这可是个秘密！因为法律规定，不到二十一岁不能承包土地。阿曼罗认为自己没有违法，没有欺骗政府。即便如此，如果知道他才十九岁，任何人都可以夺走他的土地。

阿曼罗这么想：政府希望有人耕种这块地；只要有人敢来西部开荒，山姆大叔都愿意送他一个农场。远在华盛顿的政客们不了解何人在种地，所以才制定法律来约束他们。其中一条便是所有自耕农必须年满二十一周岁。

所有规定形同虚设。阿曼罗知道，有人中饱私囊。他们符合所有规定，申请了土地承包，再把土地转手给富人，从中大捞一笔。到处都有人偷地卖地。在所有规定中，阿曼罗最不满意这一条——自耕农必须年满二十一周岁。

世上没有两片相同的树叶，没有两个相同的人儿。你可以用码尺来丈量布料，可以用里数来度量距离，但就是不能用相同的规定来约束不同的个体。智慧和性格由个人养成。论智商，六十岁的人可能比不上十六岁的人。不论怎样，阿曼罗认为自己足够优秀，可以跟任何二十一岁的人比个高低。

阿曼罗的父亲也这样想。父亲有权让儿子干活，直到他们年满二十一岁。怀尔德兄弟很小时，父亲就训练他们干活。阿曼罗九岁能干大人活，十岁懂得存小钱。到十七岁时，父亲给他自由让他飞。阿曼罗辛勤工作，每天能挣五十美分，最后赚够钱买种子和工具。在明尼苏达州西部，他跟别人合伙种植小麦，获得不错的收成。

他认为自己是合格的自耕农，与年龄无关。所以他对地产经纪人说："我二十一岁。"地产商瞄了他一眼，信以为真了！如今，阿曼罗拥有了自家土地，以及从明尼苏达州带来的小麦种子，他明年就能开荒种地。只要四年，他就可以开起一家农场。

阿曼罗正在制作薄饼，并不是因为罗耶指使他做，而是罗耶做的薄饼实在太难吃了。阿曼罗还是喜欢轻巧松软的荞麦薄饼，涂抹上蜜糖，简直美味到极致。

"呼！你听听这声音！"罗耶说道。他们从没听过这种声音——狂风的鬼哭，暴雪的狼嚎。

"老印第安人说得没错，"阿曼罗陷入沉思，"如果连续过上七个月这

种生活，那么……"这时，锅内的三块薄饼开始冒小泡，边缘变得酥脆。阿曼罗均匀地给它们翻个身，棕黄色的薄饼中部鼓起。

煎薄饼的香味、炸咸肉的香味、煮咖啡的香味交织在一起，让人食欲大开。房间很温暖，台灯带有锡制反光片，牢牢地挂在钉子上，散发强烈的光芒。粗糙的墙面上，挂着马鞍和甲胄。角落有一张床，餐桌就在炉子旁边。这样一来，阿曼罗不用挪动脚步，就能把薄饼盛入白色的铁石盘子中。

"怎么可能持续七个月？这太荒谬了，"罗耶满不在乎，"中间肯定能碰上几天好天气。"

阿曼罗轻描淡写地回答说："什么事情都可能发生，越想不到的事情越会发生。"他将刀子插入薄饼底部，往上一掷，薄饼落入罗耶盘中。随后，他在锅里摊上猪皮，煎制油脂。

罗耶将蜜糖倒在薄饼上。"有一件事不可能发生，"他说，"除非火车继续开动，否则我们不可能在这里撑到来年春天。"

平底锅发出嗞嗞嗞的声音，阿曼罗从盆子里倒出三团面糊。他徘徊在温暖的火炉边，等待薄饼煎熟鼓起。

"还好存了些干草，不愁马队饿肚子。"阿曼罗说道。

"会有火车的。"罗耶擦了擦嘴角的油，"如果火车不来，我们就遇到大麻烦了。哪有那么多的木炭、煤油、面粉和白糖？想象一下，如果整个小镇的人都涌过来买饲料，我们的粮仓又能撑多久呢？"

阿曼罗挺直身子。"不行！"他大喊，"不许任何人买我的小麦种子！天塌下来也不行。"

"肯定不会的，"罗耶说，"没人听说过七个月的暴风雪，火车肯定能过来。"

"最好是这样。"阿曼罗给薄饼翻了个身子。他突然想起了老印第安人。眼前这堆小麦种子几乎堆满了整个房间，床下还有几袋。这些小麦种子是自己的，罗耶没份。这是自己在明尼苏达州辛勤努力的成果，从开荒、犁地到播种，从收获、拍打到捆绑，阿曼罗不远千里将谷物拉过来。

如果暴风雪阻碍了火车，东部种子运不过来，那么他只能依靠小麦种子来播种。说什么也不卖。有种子才有谷物啊！金钱再多也没用，又不能结出果实。

"即便是一配克，我也不卖！"阿曼罗说。

"好好好，没人会打你小麦的主意。"罗耶说道，"还有煎饼吗？"

"第二十一个。"阿曼罗往罗耶盘子里放了一个煎饼。

"我干活儿时，你吃了多少个？"罗耶很好奇。

"我没有数过。"阿曼罗咧嘴而笑，"天啊，把你喂饱，我就足以累得食欲大开啦。"

"就这么吃下去，我们都不用刷盘子了。"罗耶说。

11. 伏尔加之行

　　星期二中午，暴风雪终于结束了。狂风渐渐平息，天空慢慢晴朗，阳光缓缓洒下。

　　"暴风雪过去了，"爸爸兴高采烈，"我们能有一阵子好天气咯。"

　　妈妈舒服地伸了个懒腰，"重见太阳可真好！"

　　"安静的世界也很好！"玛丽补充说道。

　　听！小镇在呼吸。人们推开商店的门，又砰的一声关上了。本和阿瑟挨在一起，说说笑笑。卡普吹着口哨，走下第二大街。奇怪，怎么没有听见火车的鸣笛声？

　　晚饭时分，爸爸告诉大家，特雷西发生了雪崩，火车卡在那里过不来。"别担心，用不了几天，他们就能把雪铲走。"爸爸说，"现在天气这么好，谁还会担心这个问题？"

　　第二天早上，爸爸从对面的富勒五金店飞奔回来。他告诉妈妈，有些人准备取出车站的手摇车，清理沿途的雪堆，迎接伏尔加的火车。如果爸爸也去，福斯特先生答应帮他干活。

　　"在一个地方待久了，我确实想出去走走。"爸爸说。

　　"去吧，查尔斯。"妈妈同意了，"但你们一天能清理完雪堆吗？"

　　"应该可以。"爸爸说道，"这里到伏尔加只有五十里路，雪堆并没有

72

很大。最严重的路段在伏尔加东部，列车员已经在清理了。如果我们清理完剩下的路，应该能在后天跟着火车一起回来。"

爸爸一边说，一边穿上第二对羊毛袜。他将大围巾绕在脖子上，交叉置于胸前，穿上大外套，再把围巾扣在里面。耳罩手套戴上、铲子扛起，爸爸全副武装，走向车站。

上学时间快到了，但劳拉和凯莉并不着急。她们站在第二大街上，目送爸爸离开。

车站旁边的小路上，站着那辆手摇车。爸爸过去时，其他人正在上车。

"准备出发，英格斯！全员到齐！"他们大声呼喊。北风卷起雪花，将对话一字不落地吹进劳拉和凯莉的耳朵里。

不一会儿，爸爸就跳上车，抓住手把，"出发吧，兄弟们！"

手摇车的一边站着富勒先生、米德先生和希恩兹先生，另一边站着爸爸、维尔马斯先生和罗耶·怀尔德。全体都戴着手套，紧紧握住身前两条长长的木质手把，中间隔着车泵。

"兄弟们，准备出发！"富勒先生大喊一声，随后跟着米德先生和希恩兹先生一齐，弯腰推手把。等他们起身拉手把时，轮到爸爸这边三人弯腰推手把。一上一下，一起一落，两排男人不停地弯腰起身，弯腰起身……轮流向对方"鞠躬"。随后，手摇车的轮子缓缓启动，越滚越急，越来越快，出发去伏尔加啦！爸爸一开嗓子，其他人纷纷跟着唱。

> 我们一齐推着老战车，
> 我们一齐推着老战车，
> 我们一齐推着老战车，
> 使命必达，绝不拖延！

一上一下，一起一落，所有人跟着歌曲起伏，平稳地推着车轮子，加速加速再加速。

如果遇上俩罪犯，

停车将他们拿下，

使命必达，绝不拖延！

我们一齐推着老战车，

我们一齐推着——

嘣的一声，手摇车突然卡在雪堆里了。

"全体下车！"富勒先生大喊，"这次不能碾过去！"

全部人扛起铲子，跳下手摇车。左一铲来右一铲，北风呼啸雪飞扬。

"我们要去上学了。"劳拉对凯莉说。

"求你了，再多等一分钟，我还想看看爸爸……"凯莉眯着眼睛，隔着闪闪发光的白雪，凝视着在车前铲雪的爸爸。

过一会儿，所有人重新上车，放下铲子，抓住手把。

> 如果恶魔来挡道，
>
> 我们推车碾过他，
>
> 使命必达，绝不拖延！

闪闪发光的雪地上，两排男人轮流压泵，手摇车渐行渐远，歌声越来越弱，到最后只剩下一个黑点。

> 我们一齐推着老战车，
>
> 我们一齐推着老战车，
>
> 我们一齐推着老战车，
>
> 使命必达，绝不拖延！

唱唱歌来压压泵，推推车来铲铲雪，爸爸一行六人穿越雪堆，铲除障碍，奔向伏尔加。

那一天和第二天，房子里空落落的。每个早上和晚上，福斯特先生就会过来帮忙干活。妈妈不太放心，过后总要让劳拉去马厩检查一遍。"爸爸明天就能回来。"妈妈在星期四晚上说道。

第三天中午，冰雪覆盖的草原上，响起了一阵悠长而清脆的火车汽笛声。

透过厨房窗户，劳拉和凯莉看见天空一片黑烟在翻滚，下方一辆火车在轰鸣。这是工作火车，上面挤满了载歌载舞的人儿。

"快帮我准备午饭，劳拉，爸爸该饿坏了。"妈妈说道。

劳拉正在取点心，突然前门一开，爸爸进来了！"看看，卡罗莱！我带谁回来了？"

格蕾丝飞快地冲向门口，却突然停下兴奋的脚步，往后退了退，盯着爸爸和陌生人看，不停地吮吸手指。妈妈端着土豆泥朝门口走去，轻轻地将她抱开。

"天啊，爱德华！"妈妈大吃一惊。

"早就告诉过你，我们还会见到他的，他是拯救我们土地的大恩人啊！"爸爸说道。

妈妈将土豆泥放在桌子上。"非常感谢你，谢谢你帮我们申请了这片土地！"

劳拉到哪儿都能认得他。这只又高又瘦、四处闲逛的田纳西野猫。他一笑，皮革般棕色的脸上布满深深的皱纹。不过这次，他脸上多了一道伤疤。尽管如此，他还是一如既往地哈哈大笑，不改往日的懒散和热情。"噢，爱德华先生！"劳拉大喊。

"你给我们带了圣诞礼物。"玛丽记起来了。

"你在溪里游泳，一直游到维迪格力斯河。"劳拉说道。

爱德华先生在地板上蹭蹭脚，深深地鞠了一躬。"英格斯夫人，孩子们，很高兴再次见到你们！"

他看着玛丽的眼睛，温柔地说："这两个女孩多美丽啊！英格斯，在维迪格力斯那时，我抱在膝盖上逗着玩的是不是她们？"

玛丽和劳拉点点头，凯莉那会儿还是个婴儿呢。

"格蕾丝也是我们的小宝贝。"妈妈说道。格蕾丝一直不敢亲近爱德华先生，她只是眼巴巴地盯着他看，双手拽着妈妈的裙子。

"来得正是时候，爱德华，"妈妈热情地请他进屋，"午饭马上就好！"爸爸说："不用客气，敞开肚皮吃，我们有很多菜！"

爱德华先生很羡慕这幢结实美丽的房子，满心欢喜地享受午餐。然而，他要跟上火车去西部，不能长期待在这里。爸爸也没辙，劝不了他。

"春天一到，我就要去最遥远的西部，"他说道，"对我而言，这个地方太过安逸，政客云集。如果说有比蝗虫更坏的害虫，那一定是政客！他们靠征税来维持政府运转，这到底有什么用呢？没有他们，我们一样过得心满意足。

"去年夏天，费勒过来征税，几乎让我倾家荡产。我没什么钱，只能卖了马儿汤姆和杰瑞，每匹 50 美元。还有牛儿巴克和布莱特，一开始每只想抵 50 美元，最后只抵了 35 美元。

"'你只有这么多财产吗？'费勒问道。我告诉他，我还有五个孩子，每个大概值 1 美元。

"'就这么多了吗？'费勒不依不饶，'你妻子那份呢？'

"'别提了！'我这么跟他说。'她说自己不属于我，我干吗还要给她交税？'最后，我确实没有交。"

"说回来，爱德华，听说你有家庭了啊！"妈妈说，"英格斯先生提都没提过。"

"我也不知道。"爸爸一脸无辜，"不管怎么说，爱德华，千万不要给你老婆和孩子交税。"

"他想要一张长长的纳税人清单，"爱德华先生说，"所以总是窥探个人隐私。好，我一次性满足他们，捏造了老婆和孩子，反正我也不打算纳税。我卖掉了地里的家当。等明天春天，他们过来征税时，我早已飞到遥远的西部。没老婆没孩子，一身轻松。"

爸爸妈妈还想说点什么，火车汽笛声鸣起，响亮而悠长。"到点了。"爱德华从餐桌上起身。

"改变主意，留下来吧，爱德华，"爸爸劝道，"你是我们的幸运使者。"

但是爱德华先生不为所动，他一一跟全家人握手道别，最后跟玛丽告别。

"后会有期！"他飞快地冲出门口，跑向月台。

格蕾丝一直瞪大双眼，竖起双耳，去听去看。直到爱德华先生突然消失，她才长长地舒了口气，"玛丽，这就是看到圣诞老人的叔叔吗？"

"是啊！就是他，徒步四十里，穿越风雨，抵达独立城，见到圣诞老人，给我和劳拉带回圣诞礼物。"玛丽说。

"他拥有一颗金子般的心！"妈妈说道。

"他送给我们每人一只锡杯和一根糖棍。"劳拉也想起来了。她慢慢站起来，帮助妈妈和凯莉收拾饭桌。爸爸走到火炉边，在大椅子上坐了下来。

玛丽拿起大腿上的手帕，起身离开饭桌，突然有什么东西飘到地上。妈妈弯腰捡起来，她被吓得说不出话来！劳拉大喊："玛丽！二十美元——你掉了二十美元！"

"不可能！"玛丽大喊。

"是爱德华！"爸爸说。

"这钱我们不能要！"妈妈说。可是火车启动的汽笛声最后一次传来，清脆而悠长。爱德华先生已经离开了。

爸爸说："那该怎么办？爱德华走了，我们可能好几年或者永远都见不到他了。他春天要去俄勒冈州。"

"可是，查尔斯……他为什么要给钱？"妈妈不知所措。

"他给了玛丽，"爸爸说道，"那就让玛丽存起来吧。有了这笔钱，她就有希望上学了。"

妈妈思索片刻，将钱交给玛丽，"就这么定了！"

玛丽小心翼翼地抚摸着二十美元，笑容满面，"噢，谢谢爱德华先生！"

　　"真希望他用不上这二十美元啊！"妈妈说道。

　　"放心吧，爱德华能好好照顾自己的。"爸爸向她保证。

　　一想起盲人学校，玛丽满脸都是幸福的梦想之光。"妈妈，"她说道，"加上您去年收取的食宿费，总共有三十五美元二十五美分呢。"

12. 孤独小镇

星期六，明媚的阳光照射着大地，温暖的南风徐徐地吹来。爸爸从地里拉来一车干草。严冬到来之前，牛和马都必须进食大量干草，才能保暖。

阳光从西边窗户射进来，玛丽在摇摇椅上轻轻晃动。劳拉正用洁白的细线编织裙子的花边，缝纫的钢针闪闪发光。坐在窗边，她不时看向外面的街道。下午，玛丽·鲍尔和米妮·约翰逊会带上织物过来玩。

玛丽很开心，说不定有一天，她真的能上盲人学校。

"我要跟着你一起学习，劳拉。如果我能上大学，你也一定能。"她说。

"可能我会留下来教书。"劳拉说，"所以我哪里也去不了，不过我并没有很在意噢，你能上学就很好啦！"

"噢，我确实太想上学了！"玛丽柔和地说道，"比什么都想！太多东西要学习，我只想一直学下去。如果我们努力存钱，即便眼睛看不见，我也能上盲人学校。这事儿多么令人兴奋啊！"

"是啊！"劳拉同意地点点头，她也很希望玛丽能上学。"啊，不好！我数错针脚了！"劳拉大喊，她只好拆掉那一行，重新起针。

"老话常说'自助者自有天助'，你肯定能上学的，玛丽，如果……"劳拉突然忘记自己要说的话了，只见小小的线团越来越暗，难道我也要瞎了吗？劳拉吓得跳了起来，小线团掉落在地上，越滚越远。

"怎么了？"玛丽也吓坏了。

"光线没了！"劳拉说道。阳光消失，空气灰蒙，狂风刮起。妈妈迅速从厨房跑进来。

"起风暴了，女儿们！"妈妈话音刚落，暴风雪就唰唰唰地冲击着房子。大街对面的门面越来越暗，最后索性消失在一团飞旋的雪花中。"天啊，真希望查尔斯已经平安到家了！"妈妈说。

劳拉转身离开窗户，将玛丽推到加热器旁边，从煤斗内一铲一铲地加煤炭。突然，狂风呼呼呼地闯进厨房，发出一声声嚎叫。后门砰的一声关上了，原来是爸爸回来了。他浑身雪花，哈哈大笑！

"就差那么一点点，我们就要被暴风雪吞噬了！"爸爸笑了笑，"山姆

和大卫拼了老命冲进马厩，真是生死分秒间啊！我们成功戏弄了暴风雪！"

妈妈取下爸爸的外套，卷起来拿到披屋里，以免雪花漏到地板上。"还好你回来了，查尔斯。"妈妈嘟哝着嘴巴。

爸爸坐在椅子上，靠近加热器暖暖双手。外面狂风咆哮，爸爸还是心神不定地站起身来。

"我要抓紧时间干多点活儿，不然天气一坏，就什么都做不了！"爸爸说，"我可能要在外面待一段时间。别担心，卡罗莱，我会顺着你的晾衣绳走回来。"

天色已暗，晚饭已好，爸爸这时才跟跟跄跄地回家，跺跺双脚，扇扇耳朵。

"天啊！这该死的天气，怎么会冷得这么快！"爸爸大喊，"大雪像子弹一样打过来。你再听听那鬼哭狼嚎的风声！"

"这么一说，火车又过不来了？"妈妈神色担忧。

"以前没有铁路，我们不也一样活过来了嘛。"爸爸一边向女儿们露出笑脸，一边向卡罗莱使了使眼色，不能再说下去，会吓坏女儿们，"我们的家既温暖又舒服，见不着其他人，去不了商店，我们也一样过活。不要担心，女儿们！让我们愉快地享用热乎乎的晚餐吧！"

"爸爸，晚饭后拉拉小提琴好不好？"劳拉说道，"求您了！"

晚饭过后，劳拉递上小提琴，爸爸开始调琴弦，磨琴弓，拉起来。咦，怎么曲子这么奇怪？小提琴在呻吟，它发出一股股深沉而短促的低音。狂野的音符在琴弦上跃动，越跳越高，直到消失不见……而后哀号着落回琴弦，仿佛被人偷梁换柱了似的。

劳拉感觉后背阴凉，头皮发麻。曲子狂野善变，不绝于耳。劳拉实在受不了，她大喊："这是什么，爸爸？这是什么调子？"

爸爸停下来，琴弦与琴弓分离。"听！这是外面的调子。我只是跟着它在拉。"

全家人静静地听着狂风的演奏曲，妈妈不乐意了，"别拉了，我们已经听够了，查尔斯。"

　　"那我们就拉点别的曲子吧。"爸爸点点头，"不过拉什么好呢？"

　　"温暖的曲子！"劳拉满心期待。小提琴重新演奏，愉快而响亮，点燃了大家的热情！爸爸边拉边唱《安妮·鲁尼是我的小心肝！》，以及《母马老了，她不再是过去的她》。妈妈的脚趾跟着节奏有规律地打拍子。爸爸继续演奏苏格兰高地舞曲、爱尔兰吉格舞曲，劳拉和凯莉在一旁伴起舞来。愉快的脚丫子在地板上踢踢踏踏，两姐妹跳得上气不接下气。

　　最后，余音刚落，爸爸将小提琴装回盒子里。睡觉时间到啦！

　　离开温暖的前厅，爬上冰冷的卧室可真不容易！劳拉心想，屋顶的铁钉肯定又穿上了毛茸茸的霜大衣。楼下的窗户也结了一层厚厚的霜，但不知为何，那些白花花的铁钉更让劳拉心寒。

　　她将两个热熨斗包裹在法兰绒内，领着玛丽和凯莉上楼。推开房门，冷冰冰的寒气迎面扑来，三姐妹感觉鼻子内部不断收缩。她们解开纽扣，脱掉鞋子，颤抖着从衣服里面钻出来。

　　"上帝能听见被子里面的祈祷。"玛丽的牙齿咯吱咯吱在打架。还没等熨斗暖床呢，她就钻进了冰冷的被子中间。屋顶的铁钉果然结了厚厚一层霜，在一片寂静的寒冷之中，劳拉可以感觉到玛丽和凯莉在被子里发抖，甚至连床架也跟着晃动了起来。狂风发出一声声哀号，围攻了这个安静的小房间。

　　"你到底在干吗，劳拉？"玛丽说道，"快快过来暖暖床！"

　　劳拉牙齿抖动得厉害，根本无法说话。穿着睡袍和长筒袜，劳拉站在窗边，刮开窗户上的一小块霜，试图看清窗外的暴风雪。她双手窝在眼睛周围，抵挡台灯的微光，却什么也没瞧见。黑夜在咆哮，吞噬了点点亮光。

　　最后，劳拉钻到了玛丽旁边，缩成一团，双脚按在暖暖的熨斗上。

　　"我在努力寻找光点，"她解释说，"肯定有人家里亮灯了。"

"你找到了吗？"玛丽问。

"没有。"劳拉甚至看不到自家楼下的光，那里明明有一盏灯啊！

凯莉睡在烟囱旁边，炉子的暖气爬上来，温暖了她冰冷的小身躯。再加上一个烫烫的熨斗，凯莉很快入睡了。此时，妈妈过来哄格蕾丝睡觉。

"你们暖和吗，女儿们？"妈妈轻声地说道。她弯下身子，将女儿们的被子盖得严严实实的。

"我们很暖和，妈妈。"劳拉回答说。

"那就好，晚安，做个美梦！"

尽管身子暖了，劳拉依然无法入睡。她听着狂风的咆哮，想着小镇的房子。它们孤零零地对抗大雪，连隔壁家的灯光都看不到。小镇孤零零地挺立在大草原上，小镇和草原孤零零地待在暴风雪中，看不见天，摸不着地。唯有狂野的北风，卷起鹅毛大雪，呼呼作响。

好一片雪白的世界！漫漫长夜，太阳走后，连一丝光线也不留下，暴风雪搅得窗外天旋地转。

光线能刺破最黑的夜晚，喊声能传到最远的彼岸。而此时，除了暴风雪的呼啸，以及不自然的光亮，什么都看不见，什么都听不见。

毯子暖暖地包裹着劳拉，她不再觉得寒冷，却依然瑟瑟发抖。

13. 我们都能挺过去

窗外北风呼啸,屋内传来炉盖的哗啦声,以及爸爸的歌声:"噢,欢乐如同向日葵!噢,微风拂面腰身弯!"

"卡罗莱!"爸爸朝楼上喊去,"你下来时,火该烧得很旺了。我去趟马厩。"

劳拉听见妈妈起床活动的声音。"继续睡,女儿们,"她说道,"等房子暖和点了你们再起床。"

被子外面可真冷。听着暴风雪的呻吟和尖叫,劳拉无论如何都睡不着了。头顶霜冻的钉子就像一颗颗洁白的牙齿。又躺了几分钟,劳拉跟随妈妈下楼了。

灶台的柴火烧得正旺,前厅的燃煤加热器发出火红的亮光。即便如此,屋内还是又冷又暗,不见天日。

劳拉敲开水桶冰块,装满一脸盆,放到炉子上加热。她和妈妈抖动着身子,等水烧开,一会儿好洗脸。劳拉渐渐喜欢上小镇生活了,但这样的冬天待在哪儿都差不多。

爸爸刚进门时,胡子布满雪花,鼻子和耳朵冻成桃红色。

"谢天谢地,总算回到家了!"爸爸大喊道,"还好马厩足够结实,雪堆到门口,我要挖出一条道来才能进去。所幸晾衣绳挂得刚好,卡罗莱。我顺着它爬到披屋，才能取出铲子。热馅饼和炸猪肉可真美味啊！我现在饥肠辘辘，简直像头饿狼。"

脸盆的水温刚好，爸爸洗漱完毕，坐在门边的长凳上梳头。劳拉挪好凳子，准备吃早餐。妈妈倒出几杯浓香四溢的清茶。

香香的热蛋糕，酥脆的肥猪肉，棕黄的油脂，浓郁的苹果酱，甜甜的蜜糖浆——早餐可真丰盛啊！可惜没有黄油，母牛艾伦已经不怎么产奶了。妈妈将昨晚的牛奶分给格蕾丝和凯莉。

"谢天谢地，我们还有一点牛奶，"妈妈说，"喝完只能等来年咯。"

餐桌太冷，早饭过后，全家人聚集到燃煤加热器周围。他们静静地听着窗外的一举一动，狂风暴雪不停冲击围墙和窗户，简直要把房子给拆掉。妈妈微微抖动着身子，唤醒自己。

"快快，劳拉，把家务干完，我们就能无忧无虑地暖身子了。"

真是奇怪，房子那么结实，柴火居然还温暖不了厨房。妈妈煮豆子，劳拉洗盘子。她们都很好奇，小棚屋这会儿究竟有多冷？妈妈往火里填了点煤炭，拿起扫帚扫地。劳拉站在楼梯底下瑟瑟发抖，必须上楼铺床了。可是楼上寒气逼人，即便穿了羊毛衣、百褶裙和法兰绒，劳拉依然感觉自己赤身裸体。

"由着它吧，劳拉，让被子透透气，"妈妈说，"反正放在楼上，从下面也看不见。可以等到整个屋子暖和以后，再上楼铺床。"

干完家务，妈妈和劳拉回到前厅，围坐在加热器旁边，双脚放在搁脚板上取暖。

爸爸走进厨房，取出了外套、围巾和帽子。

"我去对面富勒五金店打探打探消息。"他说道。

"一定要去吗，查尔斯？"妈妈有点担心。

"可能有人走丢了。"爸爸戴上帽子。出门前，他转身对我们说，"不用担心我！我知道过马路一共要走多少步。如果走完了还没看见房子，我就停下来，四处找一找，直到找到为止。"说完，他关上了大门。

劳拉跑到窗前，刮出一小片霜，看向窗外……除了一片雪白，什么都看不见。爸爸还在门口吗？他什么时候离开的？劳拉失望地走回加热器，陪凯莉坐在板凳上。玛丽抱着格蕾丝坐在摇摇椅上，轻轻晃动。

"女儿们！"妈妈说，"虽然外面狂风暴雪，我们也没必要把屋子里面弄得这么阴阴沉沉的啊！"

"住在镇上有什么用？"劳拉说，"暴风雪一来，连个人影都不见，我们还不是一样被困在屋内？"

"不要指望任何人，劳拉。"妈妈愣了一下，"这可不行。"

"可如果我们不住在小镇里，爸爸就不用冒着风雪出去找人了。"

"不管怎么说，"妈妈口气强硬起来，"我们周末课堂开课了。每个人说说，自己在这周学了什么诗歌，再看看你们记得多少旧知识。"

格蕾丝、凯莉、劳拉和玛丽依次念出自己所学的诗歌。

"现在一个一个来，从玛丽开始，接着劳拉，跟着凯莉，看谁记得又快又好。"妈妈说。

"噢，玛丽肯定会赢！"还没开始，凯莉就已经泄气了。

"不用怕！我会帮你，"劳拉鼓励妹妹。

"两个对一个，太不公平了。"玛丽反对。

"太公平了！"劳拉辩解说，"不是吗，妈妈？玛丽学习《圣经》诗歌的时间远远超过凯莉。"

"是啊，"妈妈说，"这样不失偏颇。但是劳拉只能提示，不能明说噢。"

比赛开始，一人接一人，一句又一句。直到最后，不论劳拉如何提示，凯莉就是想不起来，凯莉出局！比赛继续，玛丽太厉害了，最后劳拉也只能放弃。

劳拉不想承认，却不得不承认自己输了。"你赢了，玛丽。我记不住了。"

"玛丽赢了！玛丽赢了！"格蕾丝拍打双手为她喝彩。妈妈笑着对玛丽说："真是个聪明的女孩。"

大家都盯着玛丽看。她的蓝眼睛又大又美，可惜看不见任何东西。听到妈妈的表扬，她露出了阳光般的笑容。而后又如同见到暴风雪一般，脸色突然阴沉下来。有那么一瞬间，她仿佛回到了以前，看见自己和劳拉在吵架。因为自己最大，总是不懂得让让劳拉妹妹。

唰的一下，玛丽满脸通红，她轻声地说："我没有赢你，劳拉，我们是平手。我也记不得下面那一句诗歌。"

劳拉惭愧不已。比赛中，她那么努力想打败玛丽。可无论怎么努力，还是永远比不上智慧的玛丽。这还是第一次，劳拉真心想成为一名教师，挣钱供玛丽念书。她心想："不管工作多辛苦，我一定要挣钱送玛丽上学。"

此时，钟声敲了十一下。

"天啊，午饭还没做呢！"妈妈大喊着跑进厨房，把炉火烧旺，给豆汤调味。"放多点煤，劳拉，"她喊道，"房子又开始冷起来了。"

正午时分，爸爸静悄悄地走进屋子，在加热器旁脱下外套和帽子。"帮我挂起来可以吗，劳拉？我太冷了。"

"对不起，查尔斯，"妈妈的声音从厨房传出来，"房子怎么也暖不起来，我不知如何是好。"

爸爸回答道："这也难怪，外面零下四十摄氏度，狂风将寒气都赶进屋子里来了。这是最严重的风暴，所幸没有人失踪。"

午饭过后，爸爸拉着小提琴大唱赞歌，一家人度过了一个愉快的下午。

　　有一地比白日更灿烂

　　虽遥远我确信望得见……

> 耶稣是疲乏之地的岩石，
> 疲乏之地，疲乏之地，
> 耶稣是疲乏之地的岩石，
> 为我们遮风，为我们挡雨。

接下来，大家唱起妈妈最心爱的歌儿——《遥远的乐土》。转眼间，喂牲畜的时间到了，爸爸出门前为大家演奏了一首激动人心的曲子。全家人起身，慷慨激昂，引吭高歌。

> 就让飓风呼啸吧！
> 黑暗迟早会过去，
> 光明终究会到来。
> 我们一定能到达，
> 遥远的迦南乐土！

狂风在怒吼，大雪在咆哮。看那细如沙子、硬如子弹的飞雪，转啊转啊转啊转，打得房子噼啪响。

14.天　晴　了

暴风雪只逗留了两天。星期二上午，劳拉突然醒来。她瞪大双眼，仔细寻找吵醒自己的声音，却发现周围异常安静。再也听不到狂风一鞭一鞭抽打围墙、屋顶和窗户的声音。原来安静也可以吵醒熟睡中人。

楼梯上，阳光射进窗户，霜花熠熠生辉。楼梯下，妈妈的笑容如阳光般灿烂。

"暴风雪结束啦，"她说道，"这次只持续了两天。"

"你永远无法想象，暴风雪的破坏力有多大。"爸爸说。

"你所谓的严冬，可能也不怎么严酷。"妈妈十分高兴，"太阳升起来了，火车很快可以恢复运行。劳拉，今天应该要上学。快去准备准备吧，我去端早餐。"

劳拉兴奋地跑上楼，喊醒凯莉，穿上校服，回到温暖的厨房。劳拉用肥皂洗洗脸蛋和脖子，还扎起了辫子。爸爸干完活，高高兴兴地进了屋。

"今早大太阳哎，灿烂又夺目哎！"他开心地告诉家人，"看起来，雪水给太阳好好洗了把脸啊。"

棕色的土豆泥香味扑鼻，玻璃碗内的野生樱桃酱晶莹剔透。妈妈从烤箱内取出一盘烤得金黄的吐司，外加几小碟黄油。

"我得暖暖黄油，它冻得像石头一样坚硬，切都切不动。真希望博斯特先生快快捎点过来。补鞋匠用来扔老婆的就是硬邦邦的黄油呢。"妈妈嘟哝嘟哝嘴巴。

格蕾丝和凯莉一头雾水，其他人全都捧腹大笑。妈妈居然开起玩笑来了，她心情一定不错。

"他扔的是锥子！"玛丽解释道。劳拉大喊："噢，不对不对！他最后扔的才是锥子，因为手头只剩下锥子了。"

"女儿们，安静下来吃饭啦。"妈妈温柔地喊道。劳拉说："我以为家里已经没有黄油了，因为昨天都没吃上。"

"馅饼配咸肉，吐司配黄油。"妈妈说道。每片吐司仅仅够得上一抹黄油。

暖暖的阳光透过窗户，四周的宁静溜进屋内，多么愉快的早餐时光啊！不一会儿，八点半的钟声响起，妈妈说："快去上学，女儿们。这次家务我来做。"

在太阳光的照射下，屋外的世界缤纷闪烁。小镇大街上从头到尾隆起一条雪堆，比劳拉还高。她和凯莉必须爬过小雪山，从它的背面小心翼翼地滑下来。大雪堆积，又厚又深，留不住鞋印，鞋跟一踩直打滑。

校园里有另外一座闪闪发光的雪堆，足足有校舍那么高。卡普·加兰德、本、阿瑟和维尔马斯兄弟纷纷从雪堆上滑下来。劳拉想起了塞维尔湖面滑行。玛丽·鲍尔和米妮站在门边，沐浴在寒冷的阳光下，看着男同学追逐玩耍。

"嘿，劳拉！"玛丽·鲍尔开心地挽起劳拉的手臂，见到好朋友真开心！上周五的暴风雪仿佛是一个世纪以前的事情了，自从错过上周六下午的见面，她们的思念与日俱增。没有时间多聊了，老师到门口喊大家回去上课了。

课间休息时，玛丽·鲍尔、劳拉和米妮站在窗户旁，看着男同学们从雪堆上滑下来。劳拉心想，要是能出去玩就好了。

"真希望能回到小时候，"她说道，"长大了就成为小女人，真不好玩。"

"这也是无奈，我们总不能永远不长大。"玛丽·鲍尔回答说。

"如果困在暴风雪中，你会怎么办，玛丽？"米妮·约翰逊问道。

"我会一直走，这样就不会冻僵。"玛丽想了想。

"但你会累坏的，不久就会死掉。"米妮说。

"那你又会怎么办？"玛丽·鲍尔反问米妮。

"我会在雪堆上挖一个洞洞，跳进去，用雪做棉被，这样应该冻不死。是吧，劳拉？"

"我也不知道。"劳拉说。

"那你又会怎么做呢？"米妮坚持问劳拉。

"我不会困在暴风雪中。"劳拉回答。其实，她不愿意想这件事情，还是跟玛丽讲讲别的事情比较好。而这时，加兰德老师摇响上课铃。铃铃铃，男同学们成群结队地跑进来。寒气冻得他们脸颊泛红，再一笑，煞是好看。

一整天，大家都面带阳光般的笑容。中午时分，劳拉、玛丽、凯莉和比亚兹利女孩在众人的尖叫声中，翻越大雪堆，回家吃午饭。小镇大街在高高的雪山顶部，孩子们有的往北，有的往南，劳拉和凯莉顺着东坡滑到自家门前。

爸爸老早就端坐在餐桌前。玛丽抱起格蕾丝，坐在椅子的一摞书上。妈妈将一盘热气腾腾的烤土豆放在爸爸面前。"真希望给女儿们吃点黄油。"妈妈有点遗憾。

"吃盐也不赖，可以调动味蕾。"爸爸刚说完，响亮的敲门声响起。凯莉跑去开门。哇，原来是博斯特先生！他可真像一只披着水牛皮的大熊，既高大又多毛。

"快进来，博斯特！进来进来！"爸爸忙着把他请进屋，可算等到他了，"快进来，坐到饭桌上。正好吃午饭！"

"博斯特夫人在哪里呢？"玛丽很好奇。

"对啊！她没有跟你一起过来吗？"妈妈急切地追问。

博斯特先生脱下外套，"没有。她想趁着太阳好洗洗衣服。我告诉她，好日子还长着呢，不用急。她坚持要洗完衣服，改天再过来。这是给你们的黄油，最后的藏货啦，我的奶牛已经没奶了。天气恶劣，我没办法好好照顾它们。"

博斯特先生坐上餐桌，全家人一齐吃香喷喷的烤土豆，配上黄油特别美味。

"看到你平安无事地度过了暴风雪，我很开心啊！"爸爸说。

"我们确实很幸运。那时，我正在井边喂牲畜喝水，突然头顶乌云密布。我拼了老命将牲畜赶回马厩，回家半路就碰上了暴风雪。"博斯特先生说。

烤土豆和黄油饼干可真美味！还可以拿些小点心，蘸蘸妈妈那浓郁多汁的番茄酱。

"小镇里已经没有咸肉了，"爸爸说，"所有的货物从东区过来。火车一停，货物就短缺。"

"有火车的最新消息吗？"博斯特先生问爸爸。

"伍德沃斯说，特雷西发生雪崩，他们正加派人手赶往那里。"爸爸回答说，"他们拿出了扫雪机，这个周末应该能通车。"

"爱丽还指望我给她捎点茶叶、白糖和面粉呢。店主有没有提价？"博斯特问道。

"据我所知，没有提价，因为只有咸肉短缺。"爸爸让博斯特先生放宽心。

享受完午餐，博斯特先生准备启程，赶在天黑前回家。他答应，过几天带博斯特夫人过来看望大家。爸爸和博斯特先生爬上小镇大街，走向霍桑杂货店。劳拉和凯莉手拉手，愉悦地翻越雪堆，回到学校。

真是一个快活的下午！空气清新，阳光普照。孩子们熟练地背诵课文，开心地露出笑容。卡普·加兰德一笑，每个人都跟着笑。

小镇重焕生机，学校重新开学，这一切多么令人满足！

然而那天晚上，劳拉做了一个噩梦：爸爸跟着暴风雪的节奏，呜啦呜啦地演奏小提琴。劳拉大喊让爸爸停下来，而曲子却变成一团飞旋的暴风雪，绕着劳拉转，把她冻成了一座冰雕。

劳拉眼睁睁地凝视周围的黑暗，噩梦久久挥不去，她那僵硬的身子缩成一团。过了许久，她才缓过神来，原来演奏的不是爸爸的小提琴，而是屋外的暴风雪！一鞭一鞭的抽打声又回来了！打在墙上，打在屋顶上！过了许久，劳拉动动身子，抱紧玛丽，将被子拉到头上。寒气入侵，梦境是那么的真实。

"怎么了？"熟睡中的玛丽嘟哝道。

"暴风雪又来了。"劳拉回答道。

15. 火 车 没 来

屋外一片阴沉，窗户一片雪白，头顶的铁钉又结上了一层霜花。起床没事儿干，还是窝在床上好。暴风雪又开始咆哮着、尖叫着、嘶吼着，抽打房子。今天学校还是放假。

劳拉懒懒地窝在床上，半睡半醒。天气这么差，睡着总比醒着好。然而，妈妈可不这样认为，"早上好，女儿们！该起床啦！"

天气实在太冷，劳拉飞快地穿好衣服和鞋子，奔向温暖的楼下。

"怎么了，劳拉？"坐在炉火旁边的妈妈抬起头来。

劳拉伤心极了，"妈妈！如果一次只能上一天学，我到何年何月才能教书，供玛丽上学？我怎么能学到新知识？"

"劳拉，"妈妈和蔼地鼓励她，"你可不能这么容易就泄气。偶尔几场暴风雪没什么大不了。我们快点干完家务，你就能学习啦。你有很多算术题，够你算上好几天呢。你想做多少就做多少。可没人拦着你读书噢。"

劳拉又问："为什么把餐桌搬到厨房里？"这里几乎没有转身的空间了。

"爸爸早上没有点加热器的火。"妈妈回答说。

听到爸爸在披屋的跺脚声，劳拉立即去开门。他表情凝重，桶里冷冰冰的牛奶少得可怜。

"这是最糟糕的冬季！"爸爸伸出僵硬的双手，放在炉子上取暖，"卡罗莱，我没有点加热器的火，因为我们的煤炭不多了。看这暴风雪，火车一时半会是过不来的了。"

"我估计也是，所以把餐桌挪到厨房里。关上中间那扇门，灶台能温暖整个厨房。"妈妈说。

"早餐过后，我就去富勒商店打探情况。"爸爸说完，迅速吃过早饭，穿上外套。妈妈上楼，取出一个红色的摩洛哥小钱袋，钱袋表面的珍珠母纹理平滑柔顺，上面的钢制纽扣闪闪发光。这里面装的可是玛丽上学的钱啊！

爸爸慢慢伸出双手，取过钱包，清清嗓子，"玛丽，小镇物资可能短缺。如果木材厂和商店提价太厉害的话……"

爸爸哽咽了，玛丽说："我上学的钱在妈妈那里，您可以拿来花。"

"玛丽，如果迫不得已要花这钱，我一定会还给你！"爸爸拍拍胸脯说道。

爸爸走后，劳拉将摇摇椅从冷冰冰的前厅搬到热乎乎的烤箱前。玛丽刚一坐下，格蕾丝就爬上她的大腿。

"这里好暖好暖。"格蕾丝说。

"你已经是个大女孩了，你太重啦！"妈妈心疼玛丽的大腿，而玛丽迅速回答说："不，格蕾丝！我喜欢抱着你，即便你已经是个三岁的'大姑娘'了。"

厨房太拥挤，劳拉洗碗总会碰到弯弯角角。此时，妈妈正在冷冰冰的楼上铺床，劳拉则擦亮炉子，清理灯罩，旋下黄铜灯架，准备添上煤油。一滴、两滴……最后一滴煤油流出罐子口。

"噢！忘记让爸爸带煤油了！"劳拉脱口而出，想都没想。

"我们没有煤油了吗？"正在橱柜上摆碗碟的凯莉突然转身，瞪大双眼，充满恐惧。

"还有还有，足够点灯。"劳拉心想，可不能让妹妹担心。"现在，我来扫地，你去拂尘。"

妈妈下楼时，所有的家务活儿都干完了。"狂风呼啸，房子真是摇摇欲坠啊！"妈妈站在炉子前，瑟瑟发抖，"劳拉和凯莉真棒，这么快就干完家务了！"她笑了笑。

爸爸还没有回来，但他肯定不会在小镇迷路。

劳拉摊开课本和写字板，靠近玛丽，坐在餐桌上。光线很暗，妈妈没有点灯。劳拉将数学题一道一道念给玛丽听，自个儿在写字板上算，玛丽在脑子里算。解完题目，她们还验算了一遍，确保无误。一课接一课，两姐妹耐心地消化每个知识点。妈妈说得真对，要学的知识还有很多。

终于，前厅传来爸爸的脚步声。他的外衣和帽子裹上了厚厚的冰雪，手里还提着一个花白袋子。他走到炉子旁，暖和暖和身子，"我没用你上学的钱，玛丽。"

"木材厂里根本没有煤炭。天气这么冷，人们大量烧炭，伊里手头没有货了。他目前在卖木材，一千根卖五十美元，实在太贵了。"

"傻子才会买，"妈妈轻轻地说，"火车不久就能过来。"

"小镇没有煤油卖了，"爸爸说，"肉也没有。商店东西几乎卖得一干二净。我只买了两磅茶叶，卡罗莱。在火车到来前，我们就喝茶度日吧。"

"天气冷，来上一杯热茶，最舒服不过了！"妈妈说，"台灯刚装满煤油。如果我们早点睡觉，不仅能省煤炭，还能省煤油。还好你想到买茶叶了，查尔斯。不然我们会多么想念它啊！"

待身子渐渐暖和后，爸爸坐到窗户边，一声不吭地读着《芝加哥内海报》，这是随上次的邮件一起送来的。

"对了，"他抬起头，"学校放假，煤炭到了才开学。"

"我们可以自学。"劳拉眼神坚定。她跟玛丽正在小声讨论数学问题。凯莉学拼写，妈妈在缝补，而爸爸则安静地读着报纸。暴风雪越来越大，比头几次都要厉害。

屋内越来越冷。前厅没有热源，寒气悄悄溜进来，钻进门底，爬进披屋。妈妈从前厅取来绳条地毯，折叠好，紧紧地塞在门底缝隙里。

中午时分，牲畜不用喂食，爸爸前去马厩，确认马儿、母牛和大牛仔是否平安无事。

下午三点左右，他又出去了。"天气这么冷，动物要吃很多粮食，才能扛下来，"爸爸对妈妈说，"暴风雪更严重了。今天早上，我费了好大的劲儿才把干草抱进马厩。还好干草垛就在门口，不然一点办法也没有了。对了，雪堆也被刮走了，可算看得见光秃秃的地面了。"

这会儿，暴风雪咆哮得更厉害了。爸爸走出披屋后，妈妈迅速塞回地毯，可这依然抵挡不了匍匐入侵的寒气。

玛丽正在编织一条新毯子。她将破烂的羊毛衣服剪成细条，妈妈将同一颜色的细条放在一个盒子内。玛丽将盒子排序，记住每种颜色所在的位置。玛丽选择了喜欢的颜色，一点一点编到毯子上面，左一辫，右一辫。不一会儿，碎布辫子卷成一团，越来越大，越来越重……落在椅子旁边。

"我已经编得差不多了，明天你就可以开始缝合了，劳拉。"玛丽说。

"我想先绣绣花边。天太暗了，我数不清针数。"劳拉说。

"黑暗可难不倒我，"玛丽快乐地说，"我的十指看得见。"

劳拉感觉很惭愧，自己确实太没耐心了。"那你一编完，我就开始绣吧！"劳拉突然乐意起来。

爸爸离开了很长一段时间，妈妈将晚饭放到炉子上保暖。没有点灯，全家人坐在一起，心想爸爸一定会顺着晾衣绳，穿越暴风雪，回到家中。

"过来，女儿们！"妈妈振作精神，"玛丽，你起一首歌。我们一边唱，一边等爸爸回来。"母女几人摸黑唱歌，终于等到爸爸回来。

晚饭的时候，妈妈点亮了台灯。妈妈让劳拉先别洗碗，大家快点上床，才能节省煤油和煤炭。

  第二天早上，只有爸爸和妈妈起床干家务。"女儿们，待在床上暖身子，想什么时候起来都可以噢！"听到妈妈这么一说，劳拉九点才起床。严寒大军重重地压在小屋身上，小分队偷偷地潜进来，越爬越高，整个房子都是冷冰冰的。狂风嚎叫不绝于耳，天空黑暗不见天日，时间仿佛永远停在了这一刻。

  劳拉、玛丽和凯莉起床念书。之后，劳拉将碎布辫子缝合成一张圆毯子，重重地搭在玛丽大腿上。玛丽用指尖感受着一针一线。有了这条毛毯，今天暖和了不少。劳拉可不这样认为，今天跟昨天一样黑暗。她们又唱着歌儿等爸爸回家，晚饭还是吃烤马铃薯、面包蘸苹果酱和茶水。饭碗还是没有洗，大家还是早早就上床睡觉了。

第三天也一样。狂风咆哮着，怒吼着，一鞭一鞭地抽打房子。暴雪飞旋着，尖叫着，沙沙地砸在墙壁上。这噪声、这黑暗、这严寒仿佛永远也不会结束，何时才能重见天日？

第三天下午，世界突然安静了下来。劳拉朝着窗户吹了口热气，刮开一层霜，看见雪花唰唰落在小镇大街上。一股直线风吹来，卷起漫天雪花，裸露了大地。夕阳西下，透着纷飞大雪，隐约可见一道红光。天空终于放晴，严寒依旧肆虐。慢慢地，红光消失了，大雪又开始乱舞，狂风又开始咆哮。爸爸放下手中的活儿，回到屋内。

"我明天要去拉点干草过来。"他说道，"现在，我要去富勒五金店，看是不是每个人都安然无恙。这个鬼镇，整整三天不见一盏灯、一缕烟、一个人。说到底，小镇究竟有什么用呢？"

"晚饭快好了，查尔斯。"妈妈喊道。

"我马上就回来！"爸爸让妈妈放心。

不一会儿，他回来了，"晚饭好了吗？"此时，妈妈正在把晚饭盛到盘子里，劳拉正在把椅子摆到桌子旁。

"小镇一切都好！车站的人说，明天上午就出发去挖通铁路。"爸爸说道。

"火车多久才能过来？"妈妈问。

"这很难说，"爸爸并不乐观，"前阵子放晴了一天，大伙把铁路上的雪铲走了，原本第二天就能通车了。不过他们把积雪铲到了两边，如今挖出来的地方又被填满了，差不多与两边的雪堆齐平，足足有三十尺深，坚硬得很。这样看来，不挖开雪块是不行了啊！"

"天气好就用不了多久。"妈妈说，"这几天的暴风雪比去年一整年的加起来还要多，还要恶劣。接下来，我们肯定能迎来好天气。"

16. 好 天 气

早上，天空放晴，太阳露脸。火车不通，学校没炭，今天依然不能上学。

外头阳光闪烁，窗上霜花依旧，厨房散发着一股陈腐阴暗的气息。凯莉正在刷盘子，她心不在焉地透过窗户小孔往外看。劳拉则闷闷不乐地晃动洗碟盆里渐渐变冷的水。

"我想出去玩！"凯莉烦躁不安，"老待在厨房里，我都快闷出病了！"

"昨天你还感谢这个温暖的厨房呢，"玛丽温柔地提醒她，"现在，我们应当感激，暴风雪终于过去了。"

"暴风雪停不停有什么关系，你一样上不了学。"话音刚落，劳拉顿时惭愧得满脸通红。妈妈大喊呵斥："劳拉！"此时，她心里的怨气更深了。

妈妈揉好面团，放在烤箱前面，等它发酵。"女儿们，你们干完家务以后，可以穿上外套，到外面呼吸一下新鲜空气。玛丽也去吧。"

姐妹们乐坏了。劳拉和凯莉加快速度，干完家务活儿。穿上外套、披巾，披上围巾，戴上头套和手套，劳拉拉着玛丽走出披屋，进入一片冰光闪闪的世界。阳光好耀眼，寒气逼人，真令人无法呼吸。

"甩甩手臂深呼吸！"劳拉大喊。如果不害怕，寒冷并不冷。三姐妹展开双臂往后伸，新鲜空气透过挑剔的鼻子，钻入胸腔，温暖了她们全身。玛丽的脸上笑开了花儿。

"我闻到了雪的味道！多么新鲜，多么干净！"她说。

"天蓝色的晴空，银白色的世界！"劳拉向玛丽描绘眼前这场美景，"可惜一栋栋房子凸出地面，破坏了这片肥厚的雪白。真希望周围的房子能瞬间消失。"

"这太恐怖了，我们会冻死的！"玛丽害怕地说道。

"我来建冰屋，我们可以像爱斯基摩人（即因纽特人）一样生活。"劳拉兴奋极了。

"啊？吃生鱼？我不干！"玛丽不禁起了一身鸡皮疙瘩。

脚下的雪块嘎吱嘎吱作响。劳拉一时兴起，想抠抠雪块，做个雪球，无奈雪块太硬，只好作罢。她告诉凯莉，威斯康星州的大森林里，雪是软绵绵的，一点都不像这儿硬邦邦的雪。突然，玛丽竖起耳朵，"谁来了？是我们的马儿吗？"

原来是爸爸，他站在雪橇上，往马厩里赶。说也奇怪，这条雪橇由新木板制作而成，没有雪橇舌，跟货车一样长，比它宽一倍。长长的绳索将它绑在马儿后面，中间隔着几条横木。

"这雪橇真好玩，您是从哪里弄来的，爸爸？"劳拉很好奇。

"在木材厂里！"爸爸自豪地说，"我自己做的！"他从马厩里取出干草叉。"它看上去确实奇怪，但只要马儿拉得动，它可以装上整整一个干草垛呢！来回取干草费时费力，有了它省事多啦！"

劳拉很想问问爸爸关于火车的情况，却没能问出口，因为她怕凯莉妹妹担心家里没有煤炭、煤油和咸肉。天气一好，全家人精神抖擞，面带笑容。真希望好日子能长一点啊，这样火车就能过来了，大家就能安心了。

劳拉浮想联翩，而爸爸已经踏上了那矮小宽大的雪橇。

"劳拉，告诉妈妈，一部扫雪机和一列工作火车已经从东部出发，赶往特雷西铲雪。"爸爸说，"如果天气继续好下去，用不了几天，火车就能通车了。"

"好的，爸爸！我会告诉妈妈。"劳拉心怀感激，目送爸爸穿过大街，拐过小巷，一路飞驰，奔向地里。

凯莉长长地舒了口气，露出兴奋的表情，"我们快去告诉妈妈吧！"看样子，凯莉也一心想问爸爸火车的情况。

看着女儿们走进昏暗而温暖的厨房，妈妈开心地说："瞧你们红扑扑的小脸蛋，可爱极了！"三姐妹脱下外套，抖掉寒气，冰冷的手指在火炉上欢乐地跳舞，竟然有种舒服的刺痛感。一听到工作火车和扫雪机的消息，妈妈也很兴奋。

"我们已经经历了那么多场暴风雪，看来好日子会持续一段时间咯。"妈妈说。

窗户上的霜花开始融化，形成细细的冰条。劳拉轻松地撬掉它们，擦干玻璃。她坐在暖暖的日光下绣花边，偶尔瞄瞄窗外的阳光，看看地上的雪块。万里无云，丝毫不必担心爸爸会困在风雪中。可过了这么久，他怎么还没回来呢？

十点、十一点……依然不见爸爸的身影。按理说，这儿到地里只有两英里路，半小时足够把干草拖回来了。

"爸爸怎么还没回来？"玛丽终于出声了。

"可能地里有活儿干吧！"妈妈走近窗户，看看西北方，那儿晴空万里。

"不用担心，"妈妈安慰女儿们，"可能暴风雪损坏了小棚屋，爸爸正在修理呢。"

中午时分，香喷喷的周六烤面包出炉，足足有三大块，金黄诱人，热气腾腾。妈妈煮好了土豆，煲好了热茶。可还是不见爸爸回来。

尽管没人敢说，没人敢想，她们全都担心爸爸遇上事儿了。忠诚的老马儿不会跑走，难道小棚屋内住了一群不速之客？爸爸没带枪，这可怎么办？

可棚屋又破又烂，他们也躲不过暴风雪。那儿没有熊，没有豹，没有狼，没有印第安人，更没有河流。

天气这么晴朗，马儿这么温顺，道路这么熟悉，距离并不算远，爸爸到底碰上什么事情了呢？

终于，一个熟悉的身影出现在第二大街的拐角。爸爸像个"雪人"一样，站在干草"雪垛"上，停在马厩门口。解开绳索，马儿回窝，爸爸跺跺双脚，走回披屋。劳拉和妈妈端上饭菜。

"天啊！太美味了！"爸爸说，"现在不用盐，我也能活吞一整只熊！"

劳拉提起茶壶，倒出热腾腾的开水，给爸爸洗手。妈妈轻声地问："怎么去了这么久，查尔斯？"

"草！"爸爸双手沾满肥皂水，舒舒服服地洗了把脸。劳拉和妈妈惊讶地看着对方。爸爸到底什么意思？他在毛巾上擦擦手背，继续说道，"雪底下藏了一团乱草。"

"我找不着路，"爸爸擦干双手，"没有路标，没有篱笆，没有树木。一离开小镇，放眼望去，四周只有小雪山。连湖都冰封起来了。北风呼啸，吹得雪山又冰又硬，我骑着雪橇从上面一滑而过。一座接着一座，不论想去哪，轻轻一滑就能到……"

"可我注意到，马儿的下巴不停磕地。我心想，糟糕了，一定是走进大泥潭里了。那儿的雪块没什么两样，但下面却有很多枯草。中间是草秆和空气。马儿一踩，就会深深地陷进去。"

"整整一个上午，我跟着笨笨的山姆不停地较劲……"

"查尔斯，怎么能这么说山姆？"妈妈打断了他。

"卡罗莱，我发誓这是真的。大卫马儿方向感好，只有山姆像个疯子一样乱撞。两匹马儿陷入雪堆，只露出背部，越挣扎坑越大。如果雪橇也跟着掉下去，我就永远无法拉起它们。我马上解开雪橇，努力把马队拉起来。谁知山姆又开始抽风了，它呼哧呼哧地叫唤着，跳上跳下，喘着粗气，打着滚儿，在雪坑里越陷越深。"

"肯定很费力。"妈妈点点头。

"它在原地转圈圈，我担心会伤到大卫，"爸爸说，"所以我跳下雪坑，将它们俩分开。我牵起山姆，在它前面结结实实地踩出一条路，引导它走回雪堆顶部。但它还是一蹦一跳，把我刚踩下去的雪弄得一团糟。活活消磨你的耐心。"

"你最后怎么办，查尔斯？"妈妈问。

"不管怎样，我还是把它弄出来了。"爸爸说，"大卫跟在我身后，像只温顺的小绵羊，小心地踩好每一步，很快就爬了出来。我把雪橇绑在大卫身后，它灵活地绕过了雪坑。可怜的山姆还在抽风，因为那时没什么能拴住它，我只好紧紧地拉住它。然后我把它们两个套回马具上，重新出发。大概走了一百英尺，它们又掉下去了。"

"老天啊！"妈妈喊道。

"就是这样。"爸爸说，"整整一个上午，足足半天，我只走了几里路，拉回一车草。这比干一天活儿还要累。下午我只带大卫去，虽然它拉不了很多干草，但我们都会更轻松。"

爸爸匆匆吃完午饭，牵着大卫再次出发。了解爸爸的经历后，母女几人不再担心。可怜的大卫，又要冒险掉进"雪山骗子"的陷阱里！可怜的爸爸，他要不断解开马具，拉出马儿，再套上马具。

整个下午，天空放晴，万里无云。黄昏前，爸爸拖回了两小堆干草。

"大卫像只狗，忠诚地跟在我身后，"爸爸在晚饭时讲给家人听，"穿越雪堆前，它一动不动地等我开路。掉进雪坑后，它小心翼翼地跟着我走出雪坑。多么聪明的马儿，它肯定明白这是怎么一回事！明天我用根长绳子绑着它，这样它再掉进雪坑，我也不用解绳子了。等它爬出雪坑，把雪橇绕过去就行。"

晚饭过后，爸爸去富勒五金店买绳子。他很快带回了消息——扫雪机和工作火车挖通一半的铁路了。

"这次比较难，因为每次清理轨道，他们都将雪铲到两边。雪越积越厚，一崩塌，更难挖。但听车站的伍德沃斯说，火车后天应该能到。"爸爸说。

"这是好消息啊！"妈妈很开心，"谢天谢地，我们总算能闻见肉香味了。"

"不仅如此，"爸爸继续说，"不管火车通不通，邮件都能通。邮递员吉尔伯特正在搭建雪橇，明天一早去普勒斯顿。如果你想寄信，就抓紧写吧。"

"我有一封信，要寄给威斯康星州的人们，"妈妈说，"我本来没打算这么快写完它，现在看来，是要抓点紧了。"

妈妈将信摆放在餐布上，点亮台灯，融化墨水。一家人围坐在餐桌旁，思索着要说点什么。妈妈拿出一只小红笔，它的珍珠母笔杆小巧精致，好似一根羽毛。整整齐齐地写完一面，妈妈掉转信纸横着写。再用同样的方式写满另一面。信纸上布满密密麻麻的小字，装载了道不完的千言万语。

在威斯康星州的那几年，凯莉还是个小婴儿，她不记得叔叔婶婶、爱丽丝表妹、艾拉表姐和皮特表哥。格蕾丝没见过他们，而劳拉和玛丽却对他们印象深刻。

"告诉他们，我还养着洋娃娃夏洛特。"劳拉说，"真希望我们能养养黑猫苏珊的曾孙的曾孙的曾孙的小猫咪。"

"说'子孙'能省点地方噢，"妈妈提醒大家，"我怕这封信会超重。"

"告诉他们，这里见不到一只猫。"爸爸说。

"真希望有猫啊！可以好好抓一抓我们家的老鼠。"妈妈很无奈。

"告诉他们，欢迎过来跟我们一起庆祝圣诞节，就像在大森林里那样。"玛丽说道。

"那时真欢乐啊，玛丽！"妈妈露出笑容。

"天啊！"劳拉突然大喊一声，"什么时候到圣诞节？我完全忘记这回事儿了，快到了吧？"

格蕾丝在玛丽的大腿跳来跳去，"圣诞节什么时候来？圣诞老爷爷什么时候来？"

以前，玛丽和凯莉给她讲了圣诞老人的故事。而如今，玛丽和劳拉都不知道该说什么，只有凯莉出声了。

"格蕾丝，可能圣诞老人今年不能过来，因为风很大雪很大。你看，连火车都过不来。"

"圣诞老人会滑雪橇。"格蕾丝瞪大蓝色的眼睛，使使小性子，"他会来的，是吗，爸爸？是吗，妈妈？"

"他当然会来，格蕾丝。"妈妈说。劳拉坚定地告诉妹妹："圣诞老人可以去任何一个地方。"

"可能他还会把火车带过来。"爸爸说。

第二天早上，爸爸去邮局寄信，遇见了吉尔伯特先生。他将邮袋绑在雪橇上，裹上水牛袍子，出发前去十二英里外的普勒斯顿。

爸爸告诉妈妈："他会在那里与东区邮差会面，交换信件。如果穿过泥潭不费事，他今晚就能回来。"

"天气正好！"妈妈说。

"趁天色好，我也要干点活儿啊。"爸爸说。

话音刚落，爸爸牵着大卫出发了。长长的绳子牵着大卫，呼哧呼哧驰骋在雪地之上。那天上午，他拉回了一车干草。中午时分，原本快活的午餐笼罩在乌云之中，风又叫了，雪又跳了。

"它又来了！"爸爸发出一声叹息，"真希望吉尔伯特已经平安到达普勒斯顿了啊！"

17. 小 麦 种 子

寒冷和黑暗再次笼罩了整个小镇。屋顶的铁钉结霜花，窗户的玻璃灰蒙蒙。透过小孔往外看，又是那个熟悉无比的世界，狂风乱叫，大雪纷飞。房子瑟瑟发抖，坚强地屹立在风中。尽管妈妈用毯子塞紧门缝，冷空气依然蹑手蹑脚，匍匐着钻进屋内。

这鬼天气真令人心烦。上午和下午，爸爸都顺着凉衣绳，前往马厩喂马儿、奶牛和小母牛。干草要省着点用了。寒意侵进骨髓，爸爸很久没能暖和身子。坐在烤箱前面，他抱起格蕾丝，搂过凯莉，给她们讲大熊与黑豹子的故事，玛丽和劳拉以前也听过。到了晚上，他拿出小提琴，与全家人欢歌几曲。

睡觉时间到，爸爸高歌一曲，护送女儿们登上冰冷的二楼。

"预备，出发！左，左，左右左——前进！"

劳拉抱着热熨斗，走在最前面。玛丽双手搭在劳拉肩上，走在中间。凯莉也抱着热熨斗，走在最后面。一路上听着爸爸的"暖暖摇篮曲"，女儿们排队上楼梯。

前进！前进！艾斯克代！立德斯代！

戴上庄严蓝帽子，伸腿越出我国境。

看看头顶大战旗，随风舒展四飞扬。

待到将士荣归时，勋章闪闪耀四方。

整装待发，翻山越岭，

大山的孩子啊！

为了亲爱的故乡，为了苏格兰荣誉，战斗吧！

这样做确实有效噢，劳拉希望自己的热情能感染姐妹们。可是，她心里很清楚，暴风雪一来，火车就动不了。披屋里的煤炭所剩无几，小镇没得卖。尽管妈妈只在吃晚饭的时候点灯，台灯里的煤油还是即将耗尽。咸肉没着落，黄油没影儿。只剩下一点点肥油脂来涂面包。土豆还有，面粉没了，面包也就烤不成了。

一想到这些，劳拉不断安慰自己：即便煤炭空了，煤油没了，肥油脂少了，面粉见底了，火车也一定能在断粮前到达小镇，一定能！

整天整夜，房子瑟瑟发抖，狂风尖叫咆哮，大雪唰唰唰地冲击外墙，头顶铁钉的霜花越结越厚。其他房子也有人，那儿肯定也有光，无奈太遥远而太不真实。

在粮仓的后厅，阿曼罗忙得团团转。他从侧墙上取下马鞍、马具和衣服，整齐地叠放在床上。再把餐桌推到橱柜旁，空出位置来放椅子，在上面放一个锯木架。

他准备在后墙钉上一个四尺长、两尺宽的木架。现在，他正一根根地锯下木头，钉在墙上。奈何锯子嘶喊，锤子咆哮，全都比不上暴风雪的鬼哭狼嚎。

新墙砌好一半，阿曼罗取出大折刀，划开一袋125磅重的小麦种子，小心翼翼地倒在新墙和旧墙之间。

"估计它能撑得住。钉完上面的墙，就看不出来了。"阿曼罗看看罗耶，他正坐在炉子旁边削木头。

"这是你的小麦，与我无关。"罗耶漫不经心。

"你最好承认这是我的小麦！"阿曼罗说，"来年春天，我要把它们撒到我的地里。"

"你凭什么认为我会偷卖你的小麦？"罗耶不服气。

"你几乎卖光了所有的稻谷，"阿曼罗回答说，"不管暴风雪会不会过去，小镇人们很快会挤进来，买我的小麦。霍桑和洛福特斯的小店只剩三袋面粉了。暴风雪这么厉害，说不定到了圣诞节，火车也还是过不来。"

"这并不代表我会卖你的小麦！"罗耶说。

"也许不会。但我太了解你了，罗儿，你不是个农民，你就是个商人。比如有个人进来仓库，四处打探，'你的小麦怎么卖？'你肯定会说：'小麦卖光了'。那人说：'这一袋袋的是什么？'你就会告诉他：'这不是我的小麦，这是阿曼罗的！'那人继续问：'怎样才肯卖？'你肯定不会说：'我们不卖！'从商的你肯定会反问：'你愿意出多少钱？'"

"可能我真的会那样，但问问又何妨？"罗耶承认。

"问题在于，火车一天不来，他们就会不停出高价竞拍小麦。趁我外出拉干草，或者干其他事情时，你就会盘算着'阿曼罗不会拒绝这么高的价钱'或者'我才知道什么对阿曼罗最有利'，把我的小麦全卖光。可是，我很认真，我不卖不卖，听清楚了没，罗耶·怀尔德！"

"别激动，阿曼罗，"罗耶说，"我比你大几岁，懂的东西也许比你多。"

"也许是，也许不是。不管怎样，我的小麦自己会打理。我要封起来，没人看得见，没人会过问，播种时期再放出来。"

"好好好。"罗耶说道。他小心翼翼地削着松木树枝的拐角。阿曼罗绷紧双腿，一包一包地扛起小麦，倒进墙内。偶尔一阵狂风刮过，猛烈地摇晃着墙壁。炽热的火炉不断冒出一阵阵烟。暴风雪的咆哮声越来越大，两兄弟竖起耳朵。阿曼罗感慨道："天啊，这场暴风雪可真猛烈！"

"罗儿，"片刻后他说道，"帮我削根插销，能塞进这个孔的。我想尽

快干完这活儿，才能干别的。"

罗耶起身看看节孔，用刀比画了一下尺寸，选了一根木块，开始制作插销。

"如果价格真的猛涨，不卖小麦，你就是个傻瓜！"他说道，"不用等到春天火车就会过来。买完新小麦，你还有钱剩呢。"

"你说过很多次了，"阿曼罗提醒他，"我宁愿少挣点钱，也不想后悔。火车什么时候过来？四月份前能不能运来小麦种子？你也说不准！"

"我是不确定，但我唯一确定的是'人固有一死，为何不挣点快钱？'我唯一肯定的是收税佬随时会过来敲门！"罗耶说。

"播种时节肯定会到来，"阿曼罗说，"有好种子才会有好收成。"

"你说话可真像牧师。"罗耶在节孔上试了试插销，看来还要改，"如果过几个星期，火车还不过来，小镇怎么能撑下去？杂货店没什么存货了。"

"大难临头，人们总会想办法。"阿曼罗说，"去年夏天，几乎家家户户都跟我们一样，储存了生活物资。实在万不得已，我们就省着点用，一定能撑到天气变暖。"

18. 圣诞节快乐

暴风雪肆虐了三天三夜，终于离开了小镇。安静的气息敲击着劳拉的耳朵。

爸爸匆匆赶去地里，拉了一车干草回来。阳光照得雪地闪闪发亮，西北方晴空万里。劳拉心想，爸爸怎么不继续拉草了呢？

"怎么了，查尔斯？"妈妈平静地问爸爸。

爸爸回答说："吉尔伯特从普勒斯顿回来了，他送了几封信过来！我过去看看。"

圣诞节似乎不期而至。妈妈期待收到教堂报纸。劳拉、玛丽和凯莉希望再次收到奥尔登牧师的书。格蕾丝看到大家开心，自己也很开心。大家的心早已飞到邮局去了，等啊等，爸爸怎么还不回来？

爸爸去了好长一段时间。妈妈说，我们要耐心点，邮局挤满了人，爸爸也要排队。

可算等到爸爸的满载而归！妈妈急忙上前抽出教堂报纸，劳拉和凯莉收到了《青年之友》，还有几份其他报纸。

"给给给！"爸爸笑着说，"不要围攻过来噢，我手头还有东西，猜猜是什么？"

"信？噢爸爸！您收到一封信吗？"劳拉大叫。

"谁寄的？"妈妈很好奇。

"《前进报》是给你的，卡罗莱。"爸爸回答说，"《青年之友》是给劳拉和凯莉的，《内海报》和《先锋报》是给我的，还有一封信是给玛丽的。"

玛丽脸上写满笑容，她掂量着信件的尺寸和厚度。"又大又厚的一封信！快念给我听，妈妈！"

妈妈拆开信件，开始大声朗读。

这封信来自奥尔登牧师。他很抱歉，去年春天没办法过来组织教堂活动，但他现在身在遥远的北方，希望明年春天能过来见见大家。明尼苏达州主日学校的孩子们寄了几本《青年之友》给女孩们阅读，明年还会寄一批过来。教会寄了一份圣诞大礼包过来，希望里面的衣服能合身。他自己则寄了一只圣诞火鸡，以薄礼回馈大家的恩情，感谢去年冬天在塞维尔湖畔，大家对自己和斯图尔特牧师的款待。祝大家圣诞快乐！新年快乐！

听完，大家陷入了沉默，最后妈妈说："这是好消息啊，孩子们！"

"吉尔伯特说，他们正加派人手，增派一部扫雪机，到特雷西清理雪堆。"爸爸告诉大家，"我们也许能在圣诞节收到大礼包。"

"用不了几天就能通路。"妈妈说。

"几天能干好多活儿呢。"爸爸说，"如果天气持续晴朗，火车一定可以通车。"

"噢，圣诞节大礼包！多么令人期待！"凯莉满心欢喜。

"旅馆关门了，"爸爸对妈妈说，"因为班克·鲁斯买光了所有木材。旅馆没有柴火，只能关门。"

"反正我们也烧不起木头。"妈妈叹了口气，"可查尔斯，煤炭就快用光了。"

"那我们就烧干草。"爸爸振奋起精神。

"干草？"妈妈吓了一跳。劳拉问："我们怎么能烧干草，爸爸？"

　　她想起了大火横扫大草原的情景。火焰舔了舔干草，轻巧细长的茎秆瞬间成灰。灰烬还未着地，火已不见踪影。连烧煤炭都无法驱逐严寒，更何况烧干草，怎么能取暖？

　　"我们必须要想办法，我们一定能挺过去！"爸爸眼神坚定，"恶魔当道，不得不为！"

　　"也许火车能及时赶过来。"妈妈说。

　　爸爸重新戴上帽子，让妈妈迟点再煮午饭。如果抓紧点，还能拉回一车干草。爸爸离开后，妈妈说："女儿们，把《青年之友》先收起来。趁天色尚好，我们赶紧把该洗的东西都洗了吧！"

　　整整一天，劳拉、凯莉和玛丽的心思全在《青年之友》上，她们经常讨论里面的内容。然而，好天色十分短暂。母女几人齐心协力，先将衣服放进热水中泡开，一边搅拌一边捶打。然后用扫帚挑起来，放入脸盆，妈妈涂上肥皂，来回揉擦。紧接着，劳拉负责第一趟漂洗，凯莉在第二趟漂洗水里加入蓝色漂白剂，搅啊搅，揉啊揉，直到水变成均匀的蓝色。此时，劳拉煮好了一壶浆粉。妈妈一趟一趟地往外晾衣服，最后等到了回家吃饭的爸爸。

　　洗完碗筷擦地板，涂黑炉子擦玻璃。妈妈一把抱进被冻干的衣服，女儿们将衣服分类，洒上一点点水，紧紧地卷在一起，准备熨烫。天色已暗，读不了书。晚饭过后就要熄灯，因为煤油就快烧完了。

　　"先干活，再行乐！"妈妈总是这么说，她笑着看看劳拉和凯莉，"女儿们帮我干了一天的活儿，要奖励奖励你们！"

　　"明天看故事书！"凯莉兴奋地大叫。

　　"明天要熨衣服！"劳拉泼了盆冷水。

　　"是啊，趁天气好，我们要理理床铺，全面清扫二楼。"妈妈说。

　　爸爸走进屋内，刚好听到了母女几人的对话，"明天我要去清理铁路雪堆！"

伍德沃斯先生通知了每个人,大家一齐通铁路!特雷西负责人加班加点赶工期,铲子兄弟团则从休伦往东挖。

"只要振奋精神,齐心协力,圣诞节前就能通车!"爸爸信心满满。

那天晚上,爸爸哈哈大笑地走进家门,脸颊泛红。"好消息!工作火车明天能过来,运货火车紧随其后,后天就能到!"

"噢,太好了!太好了!"劳拉和凯莉大喊,妈妈说:"这确实是个好消息啊!你眼睛怎么了,查尔斯?"

尽管双眼红得发肿,爸爸还是难掩心中的喜悦之情,"在太阳底下挖雪,确实很伤眼睛。有些人患了雪盲症。给我倒点淡盐水好吗,卡罗莱?我干完活就清洗眼睛。"

爸爸去马厩后,妈妈倒在玛丽旁边的一张椅子上,"女儿们,恐怕这个圣诞节只能简单地过。暴风雪肆虐,我们一心想保暖,哪还有心思好好计划。"

"还有圣诞大礼包……"凯莉说道。

"我们不能指望它。"玛丽打断了她。

"我们可以一起期待圣诞节的到来!只是……"还没说完,劳拉一手抱起了瞪大双眼、细心聆听的格蕾丝。

"圣诞老人不来了吗?"格蕾丝下唇微微颤抖。

劳拉抱紧妹妹,顺着她的金色头发看向妈妈。

妈妈眼神坚定地说:"圣诞老人会来看望听话的小女孩,格蕾丝。"她接着说道:"女儿们,我有个好主意!教会报纸和《青年之友》留到圣诞节再看,好不好?这算不算一个圣诞惊喜?"

犹豫片刻之后,玛丽说:"这是个好主意,教我们学会克制自己!"

"可我不想。"劳拉嘟起嘴巴。

"没有人愿意,"玛丽安慰她,"但这对我们大家都有好处。"

有时候,劳拉甚至不想成为一个乖乖女。但沉默几分钟后,她只好说:

"妈妈，如果您和玛丽都这么说，那就留到圣诞节再看吧！这样也能让我们有所期待。"

"你呢，凯莉？"妈妈问。凯莉嘟起嘴巴，轻轻回答："我也愿意，妈妈。"

"真是妈妈的好孩子！"妈妈欣慰地看着女儿们，尤其是小格蕾丝，"也许我们还能从商店里买点礼物噢……"而后对三个大女儿眨了眨眼睛，"你们应该知道，爸爸今年没有工作，没有工资，我们没钱买圣诞礼物。但还是要快乐过圣诞是不是？我会想办法加餐，我们一起读报读书读信。等夜深了，爸爸就拉小提琴给我们听。"

"面粉也快用光了，妈妈。"劳拉提醒她。

"商店的面粉二十五美分一磅，太贵了，爸爸说等火车通车了再买。"妈妈回答说，"没有主料面粉来做馅饼。没有黄油鸡蛋来做蛋糕。没有白糖黑糖来做甜食。但是，我们一定能煮出其他的圣诞美味。"

劳拉坐在凳子上，一边听一边想，还不停在缝十字绣相框。她选了一块薄薄的银白色纸板，一针一针地绣上羊毛线。正面的上方，她绣好了几朵小蓝花、几片绿叶子。现在，她正在绣蓝色边框。细小的针头牵着彩色羊毛线，来回穿梭在纸板上。劳拉心想，凯莉多么渴望收到漂亮的礼物啊！这幅十字绣相框可以先送给妹妹，作为圣诞节的礼物。以后有机会再绣一幅给自己。

对了！衬裙花边已经缝好，可以送给玛丽作为圣诞礼物，何其幸运！头发收纳盒也已经做好，原来是十字绣画框的伴侣，现在送给妈妈作为圣诞礼物也不错啊！妈妈可以挂在梳妆镜旁边，每次梳头后，将掉落的头发放到盒子里，方便以后换发型。

"那爸爸呢？"劳拉问。

"我完全不知道，我想不到能送他什么。"妈妈一脸担忧。

"我有些零钱。"凯莉说。

"还有我上学的钱。"玛丽也开口了。但妈妈坚持说："不！玛丽，你这钱不能动！"

"我有十美分。"劳拉转动小脑袋，"你有多少钱，凯莉？"

"五便士！"

"如果有二十五美分，我们就能给爸爸买一条裤子吊带了，"劳拉说，"他的那条太破了！需要换新的。"

"我有十美分！"妈妈说，"钱够了。明天上午爸爸开工后，你跟凯莉姐妹俩就去买吧，劳拉！"

第二天，劳拉和凯莉干完家务，穿过大雪皑皑的街道，进入霍桑店内。里面只有霍桑先生一人，以及空空如也的货架。两面长长的墙边，放着几对男士靴子和女士布鞋，还有几匹印花棉布。

豆子桶空了，饼干桶空了。猪肉桶内只有一点卤水，鳕鱼盒内只有少许盐巴。苹果干没了，黑莓干也没了。

"只剩这些货了，女孩们！"霍桑先生说，"只有火车通车了，我订的货才能到。"

陈列柜里摆放着美丽的手帕、梳子、发卡和两条裤子吊带。两姐妹盯着吊带看，多么朴素、多么暗沉的颜色啊！

"要买裤子吊带吗？"霍桑先生问。

劳拉不喜欢拒绝别人，但她看了看凯莉，原来妹妹也不喜欢这条吊带。

于是，她鼓起勇气，"不，谢谢您，霍桑先生。我们暂时不买。"

走出霍桑小店，两姐妹瑟瑟发抖，劳拉说："我们去洛夫特斯小店好吗？看看那儿有没有更好看的吊带。"

两姐妹低下头，顶着强劲刺骨的冷风，挣扎着穿过冰冷小道，走进另一边的干货杂货店。

空荡荡的店内回声阵阵。桶儿空了，盒子空了，罐头架子上只剩两盒扁扁的蚝肉。

"明天火车来了，我的货就到了。"洛夫特斯先生告诉她们，"现在没什么存货了。"

看！陈列柜里摆着一条蓝色裤子吊带，上面缝有几朵漂亮的小红花，还有几颗亮闪闪的黄铜带扣。劳拉从来没见过这么好看的吊带，送给爸爸正合适。

"请问，这条裤子吊带卖多少钱？"劳拉心想，它肯定不便宜……可洛夫特斯先生只要二十五美分！劳拉赶紧掏出两枚五美分硬币，加上凯莉的五便士，妈妈的十美分，全数交给店主。她拎起小袋，牵着凯莉，顶着劲风，气喘吁吁地回到家中。

那天夜里，没人提出挂圣诞袜子，因为没人期待收到圣诞礼物。格蕾丝年龄小，不清楚这个传统。即便如此，大家都满心期待圣诞节的降临，因为铁路已经清理完毕，火车明天就能过来。

第二天早上，一睁眼的劳拉兴奋不已，"火车来啦！"窗户没有霜花，天空万里无云，朝阳温柔地抚摸大草原，皑皑白雪泛红而发亮。火车肯定能过来！还有圣诞惊喜！

生怕吵醒玛丽，劳拉轻轻地溜下床，飞快穿上衣服，打开小宝盒，取出一团纸巾，里面完好地包着一捆花边。主日学校寄送了许多贺卡过来，劳拉挑选了最美的那一张。之后，她拿出十字绣画框和头发收纳盒，蹑手蹑脚地下楼去。

看到劳拉下来，妈妈惊讶极了。她已经布置好了餐桌，还在每只盘子上放了一份小礼物，全部用红白相间的条纹纸包装好。

"圣诞节快乐，妈妈！"劳拉小声说道，"噢，这是什么？"

"圣诞礼物。"妈妈也压低声音，"你拿的是什么？"

劳拉微微一笑，把礼物分别放在妈妈和玛丽的盘子里。再将贺卡塞进十字绣相框内，放在凯莉的盘子上，多么漂亮啊！妈妈找了一张餐巾纸，将它包裹好。

这时，凯莉、格蕾丝和玛丽也爬下了楼梯，一齐喊道："圣诞节快乐！"

"喔喔！"凯莉尖叫，"我以为圣诞大礼包到了，我们才开始庆祝呢！喔喔，看！看！"

"什么来的？"玛丽问。

"每个盘子里都有礼物！"凯莉兴奋地告诉玛丽。

"格蕾丝，还不能动噢，我们要一起等爸爸回来再拆！"听妈妈这么一说，格蕾丝乖乖地围着餐桌打转，眼巴巴地看着礼物，想动又不敢动。

爸爸拎着牛奶走进披屋，交给妈妈过滤。他脸上挂着大大的笑容，从口袋里掏出两罐蚝肉罐头！这是从洛夫特斯杂货店买来的。

"查尔斯！"妈妈惊讶极了。

"圣诞节晚餐——蚝肉汤！"爸爸很开心，"我从艾伦身上挤了一点牛奶，这是它最后的奶水了。或许你能用得上。"

"可以用水稀释一下，"妈妈说，"我们就煮个牛奶蚝肉汤！"

爸爸的视线转向桌子。劳拉和凯莉开怀大笑，他们大喊："圣诞节快乐！圣诞节快乐！爸爸！"劳拉告诉玛丽，"爸爸十分惊讶！"

"圣诞老人万岁！"爸爸跟着大喊。"火车通不了，老人一样飞！"

一家人围坐在餐桌旁，妈妈轻轻地按下格蕾丝的手。"让爸爸先拆礼物，格蕾丝。"

爸爸捧起礼物盒，"这里是什么呢？谁送给我的呢？"他解开绳子，摊开包装纸，握起那条崭新的红花裤子吊带。

"哇！"他大喊一声，"真漂亮，我以后该怎么穿衣服呢？可不能把它盖在外套底下！"他看看母女几人。"谢谢你们！我会很骄傲地戴上它！"

格蕾丝又举起了小手，妈妈按住了她，"还没轮到你，让玛丽姐姐先。"

玛丽拆开了一团漂亮的蕾丝花边，爱不释手地抚摸它的纹理，脸上洋溢着笑容。"我要留到上学时再穿。真漂亮，搭配白色衬裙一定很好看！"

凯莉兴奋地捧起礼物。这是一张放牧人的照片啊！他身穿蓝白袍子，怀抱一只雪白的羔羊。银白色的纸板上绣着小蓝花，真是一幅美丽的相框啊！

"噢，好漂亮！好漂亮！"凯莉合不拢嘴。

妈妈则笑着说，自己正需要一个头发收纳盒！

最后，格蕾丝撕开包装袋，咯咯大笑，原来里面有两个小木人！他们站在两根红色标杆之间，双手紧握头顶两根扭在一起的绳子。这两人戴着红色鸭舌帽、披着蓝色外套、别着金色纽扣、穿着红绿条纹裤。他们的黑色靴子破了个洞，可爱的脚趾露了出来。

妈妈轻轻按下开关，一个小木人向上翻了个跟斗，另一个小木人滑了下来。他们一上一下，一下一上，点点头，挥挥手，伸伸腿，跳跳舞，翻翻身。

"噢，看！看！看！"格蕾丝兴奋地大喊大叫，可爱的木头人会跳舞，怎么看也看不够！

除此之外，每个人拆开红白相间的包装纸，得到了圣诞节糖果。

"糖是从哪里来的，爸爸？"劳拉很好奇。

"一段时间以前，我买了小镇的最后一点糖果，"爸爸说，"有些人要把它们融化来做白糖，我坚持要把它们作为圣诞礼物，送给我最亲爱的家人。"

"多么温馨的圣诞节！"凯莉感慨道，这正是劳拉的心里话。不管发生了什么，大家总是能拥有一个愉快的圣诞节！阳光普照，天气晴朗，铁路畅通，火车已经通过特雷西，就要抵达小镇啦！真希望听到呜呜呜的汽笛声，看到火车咔嚓咔嚓进站的身影。

中午时分，妈妈煮了蚝肉汤。劳拉布置餐桌，凯莉和格蕾丝在玩小木人。妈妈尝了尝肉汤，"蚝肉煮好啦！"她顺手把水壶放回炉子上，弯腰查看烤箱，"面包也烤好啦！爸爸在干吗？"

"他在搬运干草。"劳拉回答说。

爸爸打开门，身后的披屋堆满了干草。"蚝肉汤煮好了吗？"

"正要起锅呢，"妈妈说，"总算把火车盼来了，这是我们最后的煤炭了。"她抬头看了看爸爸，"怎么了，查尔斯？"

爸爸慢慢地说："西北方乌云密布。"

"啊？不会是又一场暴风雪吧！"妈妈大叫。

"恐怕是的。"爸爸神色忧郁，"但我们还是要愉快地吃午饭！"他把椅子拉到餐桌前面。"我在披屋里存了许多干草，不用担心。现在上蚝肉汤吧！"

午饭时，太阳依旧高挂在天上。尽管牛奶加进了过多水分，热腾腾的汤还是美味无比。爸爸掰碎面包屑，放进汤盘里。"这吐司尝起来跟饼干一样美味，不知道你是怎么做的，卡罗莱，真的太棒了！"

汤汁虽然美味，劳拉心里却不断嘀咕着西北方的黑云，仿佛此刻就能听见狂风的怒吼，越来越近，越来越响。

忽然一声尖叫！窗户咯咯作响，房子摇摇晃晃！它真的来了……

"疯狂的暴风雪！"爸爸走向窗户。外面一片雪白，什么都看不见。北风携带暴雪席卷而来。不时卷起地上的雪堆，扬起漫天飞雪，天旋地转。阳光和小镇都迷失在大雪的狂舞之中。坚强的房子又孤立无援了。

劳拉心想："暴风雪又来了，火车又停了。"

"女儿们，过来！"妈妈说，"我们快点洗碗，这样下午就能舒舒服服地读报纸了。"

"煤炭还够用吗，妈妈？"劳拉问。

爸爸盯着火苗看了看，"能撑到晚饭，之后我们就烧干草。"

窗户玻璃结满冰霜，围墙四周寒冷无比。炉子的火光太暗了，无法读书看报。洗好碗碟，妈妈拿出台灯，放在红格子桌布上，点亮它。靠着仅剩的一点煤油，盘卷的灯芯微微发亮，既温暖又活跃。劳拉打开《青年之友》，跟凯莉一起迫不及待地打量着每个故事，纸张又滑又白，摸着真舒服！

"你们选个故事，我念给大家听，好吗？"妈妈说。

温暖的炉子旁，明亮的台灯下，妈妈温柔而响亮地给大家念故事。这一刻，仿佛严寒和黑暗已经远离了小镇。第一个故事结束了，妈妈继续念第二个、第三个故事。今天就这么多了，留点故事以后再念。

"我们把好故事都留到了圣诞节，难道你们不开心吗？"玛丽笑得很甜。大家都很开心。整个下午过得飞快，又到干活儿的时间了。

从马厩回来，爸爸在披屋待了一段时间。最后，他抱了一把干草进来。

"卡罗莱，准备早餐的燃料到了，"爸爸走到炉子旁，放下干草，"又硬又干的干草棒，估计火光不错。"

"干草棒？"劳拉大喊。

"是的，劳拉。"爸爸摊开双手，在炉子上取暖，"还好干草就在披屋，不然风这么大，我怎么抱得进来，除非我用牙齿一片一片地叼进来。"

确实是干草棒！爸爸将干草拧成一团，打了个结，现在每根干草棒跟木头一样坚硬。

"干草棒！"妈妈大笑，"你还有哪一出呢，查尔斯？这都能想到，真的太棒了！"

"还不是为你考虑吗？"爸爸对着妈妈笑了笑。

晚饭吃水煮土豆和咸面包片。这是最后一炉面包了，不过家里还有豆子和萝卜。大家喝着热腾腾、甜蜜蜜的热茶，格蕾丝的红茶牛奶里只有白开水。灯光越来越暗，火焰咽下最后一滴煤油，倾尽全力翻腾，忽明忽暗地跳动，而后奄奄一息。妈妈弯腰吹灭它，火焰最终化身为一缕细烟。此时，黑暗笼罩着整个小屋，暴风雪闹腾得更厉害了。

"火灭了，我们还是上床吧。"妈妈轻声安慰大家，圣诞节就这样结束了。

劳拉躺在床上，外面狂风呼啸，似野狼怒吼，越来越响。她想起了小棚屋外头的饿狼，那时她还小，吓得跳进爸爸怀里。她又想起了塞维尔湖边的大野狼，它那低沉恐怖的叫声，着实吓坏了凯莉和自己。

劳拉瑟瑟发抖，仿佛听见了印第安河谷的黑豹在尖叫、维迪格力斯河畔的印第安人在呐喊。他们跳起战舞，吹响号角，与严寒决一死战。

而后，她仿佛听到了人们在嘶喊，在狂叫，哭着闹着逃离暴风雪的魔爪。其实只不过是狂风作祟罢了，劳拉盖起脑袋，捂住耳朵，恐怖的声音依旧挥之不去。

19.希望常在

干草堆烧得很旺，也烧得很快，点火的速度远远比不上它。妈妈关紧炉门，一整天忙着加草料。除了冒着狂风暴雪外出干活，爸爸几乎一整天都待在披屋拧草棒。狂风越刮越起劲，暴雪越下越厉害。

爸爸经常跑到炉子旁暖暖双手。"手指麻木了，我快拧不动草棒了。"

"我来帮您吧，爸爸。"劳拉说道。

爸爸不愿意让女儿遭这份罪，"你的手还太小，拧不动干草棒。"之后，他又不得不承认，"总要有个人来帮我的忙，这活儿一个人可干不完。炉子烧得那么快，我囤也囤不过来。"最后，他妥协了，"跟我来吧，丫头，我告诉你怎么拧。"

劳拉披上爸爸的旧大衣，穿戴上头套、围巾，跟爸爸走进了披屋。

披屋没有天花板，狂风裹着雪花窜进木墙的缝隙。雪花在地上打转，钻进干草堆里。

爸爸捧起一小堆干草，双手抖动，雪花片片飘落。

"记得抖掉雪花，"他告诉劳拉，"如果里面有雪，它会融化成水，干草一湿就烧不起来。"

劳拉捧起一大把干草，抖掉雪花，一步一步跟着爸爸学习拧草棒。首先，选择一根长长的茎秆，抓住它的两头，将右手那头顺时针拐到左手肘下，紧

127

紧按住定型。右手接过左手那头，左手顺势往下滑，抓住手肘下方的一头。再来一次！折叠、揉搓，折叠、揉搓……直到干草结结实实地扭成一团，中间拧出小结来。他每拧一次，就把干草一端夹在左手肘下，于是草束越拧越紧。

最后，爸爸将干草尾巴卷起来，塞进中间的草结，顺手扔到地上，看看劳拉。

此时，劳拉正在卷干草尾巴。草棒太结实了，草尾塞不进去。

"稍微弯一弯草棒，松开一点点，"爸爸说，"再将草尾巴塞进草结的细缝里，它自己会拧回去的。就是这样！"

劳拉的干草棒既不均匀，又很蓬松，远远没有爸爸的平滑结实。爸爸鼓励她，第一次已经做得很不错了，下次一定能更好，继续加油！

她一共做了六根干草棒，越来越结实，越来越好看。第六根已经达到标准水平。可劳拉的双手冻僵了，几乎感觉不到干草的存在。

"足够多了！"爸爸说，"收起来，我们回去暖暖身子。"

父女二人将干草棒搬进厨房。劳拉双脚冻得麻木，仿佛成了两根木头。她双手通红，锋利的干草叶一刀一刀地割在她手上，热火一烤，又酸又痛。总算是帮了爸爸的忙，他可以安心坐下来，彻底暖暖身子，再也不用急匆匆地跑回去拧草棒啦。

整整两天，劳拉帮助爸爸拧草棒。妈妈看紧炉子的火苗。凯莉带带格蕾丝，干干家务活。午饭吃烤土豆，还有胡椒盐巴萝卜泥。晚饭也吃烤土豆，因为油已经用光了，没有炸薯条可吃了。香喷喷的食物，热乎乎的茶水，还有糖果做点心，一家人很是满足。

第二天晚饭时，妈妈说："这是最后一笼面包了，必须买点面粉了，查尔斯。"

"等这场暴风雪一过去，我就买点回来，不论多贵。"爸爸说。

"可以用我上学的钱，爸爸，"玛丽说，"三十五美元二十五美分可以买很多很多面粉。"

"真是个好孩子，玛丽。"妈妈说，"我还是希望不用花你的钱。火车来得越晚，面粉价格越高，是吧？"妈妈问爸爸。

"是的，这就是行情。"爸爸也很无奈。

妈妈起身，将一捆干草棒扔进炉子。打开炉盖那一刻，红黄色的火光突然蹿起来，照亮了整个厨房。而后，全家再次笼罩在黑暗之中。风声肆虐，越来越响。

"如果有油脂，我也能点火。"妈妈回想起以前，"那时我还小，没听说过新奇的煤油灯，但我家里照样灯火通明。"

"确实如此，"爸爸说，"时代进步得太快，所有东西都在变。出现了铁路、电报、煤油和燃煤炉——这些确实是好东西，问题是人们完完全全依赖上它们了。"

第三天早上，狂风还在怒吼，大雪还在乱飞，玻璃还在结霜……十点左右，一股强劲的南风直直吹过来，暴风雪过去，太阳光出来。严寒依旧，坐在披屋里，劳拉感觉脚下的雪花吱吱作响。

爸爸去街道对面买面粉。一段时间过后，他扛回了一袋谷物，重重地滑落在地板上。

"你的'面粉'来了，卡罗莱！"爸爸喊道，"好吧，是小麦，这是怀尔德兄弟的最后存货。商店的面粉全卖光了，班克·鲁斯上午以一磅一美元的价格买了五十磅面粉，渣都不剩。"

"天啊，查尔斯。"妈妈吓了一跳。

"是啊，价格太高，我们也买不起。鲁斯买走了也好，省得我们纠结。现在该想想怎么吃小麦，煮着吃吗？"

"我也不知道，查尔斯。我们没有什么可以跟它搭着吃。"妈妈说。

"可惜小镇里没有磨粉机。"爸爸说。

"我们有个磨！"妈妈从橱柜顶部取下咖啡磨。

"真的有！"爸爸很兴奋，"我们来看看，它能不能磨小麦。"

妈妈将这个棕色小木盒放在桌上，转动把手，磨碎所剩的几粒咖啡豆。然后，拉出小抽屉，倒掉咖啡粉，清洗干净。然后，爸爸打开了那袋小麦。

咖啡磨上方的黑色铁漏斗可以装下半杯小麦，妈妈合上盖子，坐了下来，将磨机紧紧地夹在膝盖间，一圈一圈地转动把手，发出嘎吱嘎吱的声音。

"磨小麦跟磨咖啡豆一样。"妈妈看着小抽屉，里面一颗一粒全是小麦碎，"也不像咖啡，烘烤过的咖啡豆磨出来是干干的，小麦磨出来是湿湿的。"

"能做面包吗？"爸爸问。

"当然可以，还需要磨更多小麦粉，才够做一笼面包。"妈妈说。

"那我去拉点干草，一会儿烤面包。"爸爸说完，从口袋里掏出一个圆圆的木盒，交给妈妈，"这个或许能点灯。"

"有火车的消息吗，查尔斯？"妈妈问。

"特雷西路段又封上了，他们正在挖雪。"爸爸说，"上次他们把雪清理到轨道两旁，三天三夜风吹雪刮，道路又堵上了。"

爸爸前去马厩，牵上大卫，绑上雪橇，穿街过巷回地里。妈妈拉开小盒，里面是一块黄澄澄的车轴油脂！没空想点灯这事儿呢，炉火快熄灭了，妈妈扔进最后一捆干草棒。劳拉马上跑去披屋拧更多的干草棒。

几分钟后，妈妈也过来帮忙了。"玛丽在磨小麦，我们拧多点干草棒，炉火才能烧得旺。爸爸回来时，肯定浑身都冻僵了。"

黄昏时分，爸爸才回来，他卸下雪橇，安顿好大卫，把干草全拖进披屋里。此时的小披屋拥挤得很，几乎没剩什么空间。回到炉子前，他好一会儿才说得上话。

"不好意思，我回来晚了，卡罗莱。"爸爸解释说，"雪堆积太深，很难把干草挖出来。"

"没关系，要不咱们以后都按这个钟点吃饭。"妈妈说，"白天太短，没有什么时间吃三顿饭，再加上要节省燃料，我们就吃两顿饭吧。推迟午饭做晚饭，似乎是个不错的决定噢。"

香喷喷的小麦面包出炉啦！它散发着一股新鲜的坚果香味，几乎可以取代黄油了。

"你的酸面团重出江湖啊。"爸爸说。

"是啊，"妈妈回答说，"不用发酵粉，不用牛奶，我们一样可以吃上美味的面包。"

"俗话说，'有志者，事竟成'！"爸爸拿起个土豆，撒上盐巴，"可不能小瞧它们。盐能带出土豆的全部风味，黄油和肉汁可就不行了。"

"茶里面不能放糖噢，不然就没有茶味了。"劳拉调皮地说道。

爸爸眨巴双眼，看着女儿，"丫头，这就不对了，一杯热腾腾的好茶能带出糖的风味噢！"他又问妈妈，"车轴油脂拿来点灯了吗？"

"我还没空呢。吃完饭，我就做一盏纽扣灯！"妈妈说。

"什么是纽扣灯？"爸爸很好奇。

"等着瞧吧！"妈妈竟然卖起了关子。

吃过晚饭，爸爸外出干活。妈妈让凯莉取来一个破袋子，她从盒子里挖出一小块车轴油脂，均匀地抹在一只老茶碟上，再裁出一小块印花棉布。"凯莉，再帮妈妈找一个纽扣来。"

"什么样的纽扣，妈妈？"凯莉从冰冷的前厅取来纽扣袋子。

"噢，只需要一颗爸爸旧大衣上的纽扣。"妈妈说。

她将纽扣放置在印花棉布的中间，用布料包裹，用针线固定，将它的四角往上拉，折成圆锥形。在上面抹上一点油脂，放进茶碟中，就算大功告成啦。

"现在，我们就等爸爸回家吧。"妈妈开心地说。

天色渐暗，劳拉和凯莉匆忙洗完碗筷。爸爸回家时，伸手已不见五指。

"请给我根火柴，查尔斯。"妈妈说。她点燃了纽扣灯的圆锥一角，小小的火苗蹿上来，越跳越高。火焰徐徐燃烧，融化了车轴油脂，顺着棉布往上飘，真像蜡烛之光啊！

"你真是个天才，卡罗莱。"爸爸夸奖妈妈，"只是一盏小灯，房间就大不同啊！"

爸爸在炉子上暖暖双手，低头看看那一小堆干草棒。"我要到披屋去拧多点干草棒，这点草棒撑不到明天早上。但我不需要灯。"

劳拉从玛丽手上接过磨机。一圈一圈地转动把手非常累人，姐妹们都腰酸背疼，只好轮流打磨。可她们不能停下来，因为磨机转动太慢，每次只能磨一点点小麦。只有不停地磨，才够煮饭吃。

妈妈脱下格蕾丝的鞋子，放在烤箱旁暖暖脚丫子。再给她脱下小外套，穿上睡袍，裹上炉子烤暖的大披巾。

　　"凯莉，你暖好身子了吗？我抱格蕾丝跟你睡了噢！"妈妈问。

　　看着格蕾丝和凯莉裹着暖暖的披巾，抱着热热的熨斗，舒舒服服地闭上眼，妈妈才下楼来。

　　"我来磨小麦吧，劳拉，"她说，"你和玛丽先去睡觉。爸爸一回来，我们也会睡觉。这干草棒这么难拧，还是省着点用吧。"

20.羚　羊！

终于迎来了阳光明媚的一天，蓬松的雪球在白茫茫的大草原上翻滚，仿佛一阵烟雾吹过。

爸爸匆忙跑进小屋。"小镇西面出现了一群羚羊！"他兴奋地拿起猎枪，掏出弹药筒。

劳拉裹上妈妈的大披巾，跑进冰冷的前厅。她刮开窗户的霜花，透过小洞，看见街上聚集了一群人，还有好几个骑在马背上呢。福斯特先生和阿曼罗·怀尔德骑着美丽的摩根马。卡普·加兰德跑过来，加入由爸爸带领的步行队伍行列。他们全部背着猎枪，精神抖擞，兴奋不已。

"前厅太冷了，快回来，劳拉。"妈妈喊道。

"美味的羊肉啊！"劳拉将披巾挂回墙上，"真希望爸爸能抓到两头羚羊！"

"但愿如此，羊肉搭配小麦面包可好吃啦！"妈妈咽了咽口水，"但我们不能高兴得太早。"

"为什么不呢，妈妈？如果有一群羚羊，爸爸至少能抓到一只啊。"劳拉说。

凯莉往咖啡磨的漏斗里倒入一盘小麦，玛丽正在转动把柄摇啊摇。"美味的烤羊肉啊！香甜的羊肉汤汁啊！土豆和小麦面包的绝配啊！"

"等等，玛丽！"劳拉突然喊道，"听，他们出发了！"

尽管门外北风呼啸、屋顶狂风吹哨，她们隐约能听见，人群和马儿踏着铿锵的步伐，穿过小镇大街。

他们停在了街道尾部。前面大约一里处，一群灰色羚羊正在冒着风雪，穿过雪堆，往南行进。

"抓羚羊，关键在于慢和轻！"爸爸说，"首先，我们从北面包围，你们年轻人从南面收紧包围圈，慢慢把它们赶过来，不要吓到它们。我们会给它们来上几枪。不用急，我们有一天时间，要是干得好的话，我们每个人都能分到一头。"

"或许最好的办法是，我们骑马的人到北面包抄，你们步行小分队从南面追赶。"福斯特先生建议。

"不，我们按照英格斯说的办，年轻人跟我走！"霍桑先生说。

"排成一排，走路慢点，动作轻点，千万不要吓到它们！"爸爸喊道。

阿曼罗和福斯特先生骑在摩根马背打头阵。寒风呼啸，马儿越战越勇。它们来回扇动耳朵，上下摇晃脑袋，身上的马嚼子叮当作响。一见自己的影子，马儿害羞地眨了眨眼睛，鼻子呼哧呼哧作响，昂首挺胸，大步向前，越跑越快。

"轻轻拉住'公主'，"阿曼罗对福斯特先生说，"不要让马嚼子磨它的嘴，它的嘴巴很脆弱。"

福斯特先生根本不会骑马，他跟"公主"一样紧张。见他这样，"公主"也就更紧张了。他骑在马鞍上，上下跳动，抓不紧缰绳。阿曼罗很后悔让他骑"公主"。

"小心点，福斯特，"阿曼罗说，"它会把你甩到地上去。"

"这匹马怎么了？发什么疯？"福斯特喋喋不休地抱怨，"噢，羚羊群就在前面！"

天气不错，视野辽阔。羚羊群离他们越来越近。步行小分队由英格斯先生领头，正从西面包围，再过几分钟，就能紧紧包围羚羊群了。

阿曼罗转身，准备跟福斯特说话，却看见"公主"的马鞍上空无一人。突然，一声枪响震聋了他的双耳，两匹摩根马吓得跳了起来。"公主"逃跑了，阿曼罗及时勒住了"王子"。

福斯特先生跳上跳下，挥舞猎枪，大声呼叫。他被兴奋冲昏了头脑，跳下马背，扔掉缰绳，朝着羚羊开火。嘣、嘣、嘣……可惜羚羊还很远，怎么打也打不中。

听到枪声，羚羊警觉地抬起头颅，翘起尾巴，飞快奔跑，仿佛后面有北风的魔爪正伸向它们。"公主"担惊受怕，跑进灰色的羊群中间，跟它们一起奔跑。

"别开枪！别开枪！"阿曼罗大喊，尽管在呼啸的狂风面前，人们根本听不到他的声音。羚羊群已经超过步行小分队了，可没人敢开枪，怕的是伤害中间那匹棕色的母马。骄傲的"公主"昂首挺胸，飞舞着黑色的鬃毛和尾巴，与灰色矮小的羚羊群一起，翻过一座座草原小雪山，越跑越远，越来越小，直到完全消失在茫茫草原中。

"看来你要失去'公主'了，怀尔德，"霍桑先生说，"太糟糕了。"

其他骑马者赶了上来，眺望草原远方。棕色的"公主"跑在灰色的羊群之中，多么像一颗小污点，忽隐忽现，一会儿就不见了身影。

英格斯带着步行小分队赶过来。卡普·加兰德说："运气不好啊，怀尔德。我们还不如冒险开枪算了。"

"你可真是名'出色'的猎手啊，胆子也真够大的，福斯特。"格拉德·富勒说道。

"只有你开了枪，"卡普说，"瞄得可真'准'！"

"对不起，我见到羚羊太兴奋了，没有多想就跳下了马背。我以为它会

站着不动。"福斯特先生说道。

"下次开枪前，先保证自己进入了伏击圈。"格拉德·富勒建议他。

没人再说话。阿曼罗坐在马鞍上，身下的"王子"正在努力挣脱枷锁，追随"公主"的步伐。尽管"公主"很害怕，但跟着羚羊群跑，更可怕的危险是它会精疲力竭，活活跑死。想抓住它是不可能了。我们一追，羚羊群一乱，它反而会越跑越快。

根据路标来看，羚羊群往西跑了五六里路，折向了北方。

"它们跑向了斯比利特湖。"英格斯先生说，"它们会在矮树丛中休息，然后沿途跋涉进入河流断崖处。我们再也见不到它们了。"

"怀尔德的马怎么办，英格斯先生？"卡普问。

爸爸看看阿曼罗，看看西北方。那儿晴朗无云，但劲风凶猛，严寒刺骨。

"也只有'公主'才能赶上羚羊群，除非骑着'王子'去找它，否则怎么可能追得上？但这会累死'王子'的。"爸爸说，"从这里去斯比利特湖，顶多花一天时间，然而，暴风雪随时可能席卷而来。漫漫严冬，我是不敢冒这个险啊！"

"我也没这个打算。"阿曼罗说，"我就在这儿绕几个圈，再从北部进入小镇，看看能不能碰见'公主'。如果不能，但愿它能找到回家的路。你们先回去吧，我们回头见！"

他骑着"王子"，慢慢地朝着北方前进。其他人扛着猎枪，回到小镇。

狂风怒吼，阿曼罗只能低头前进。然而，每逢经过大草原雪堆或雪丘的顶部时，他会勇敢地抬起头，眺望远方。除了绵远不绝的小雪山和随风翻滚的小雪团，再无其他。失去"公主"，阿曼罗很伤心，但他可没有打算拿生命去冒险。没有"公主"，马队就不像样了。阿曼罗心想，这辈子再也没法给"王子"找到更合适的搭档了。他责怪自己傻，将马儿借给一个陌生人。

"王子"踩着稳定的步伐，迎风而上，加快脚步爬上斜坡，而后放慢脚步跑了下来。阿曼罗并没打算走多远，但西北方天色尚好，他就一坡一坡地翻过去，心想在下一个斜坡，肯定能望向更遥远的北方。

他想，也许公主跑累了，跟不上羚羊群了，正在某个地方原地打转呢。它一定迷路了，累得不知所措。或许翻过下一座雪丘，就能看见它了。

一座又一座，前方依然是白茫茫的雪地。渐渐地，适应节奏的"王子"稳定了步伐。

阿曼罗回头，小镇早已不见踪影。再也看不见一排排高高立起的装饰墙，再也看不见一缕缕袅袅升起的细炊烟。辽阔的天空之下，只有一片白茫茫的土地，风在叫，雪在跳，寒意侵入了骨髓。

记住了小镇的方位，他不畏不惧，只要有阳光、月光，甚至星光，他就不会迷路。尽管如此，他内心却异常寒冷。在这片冷冰冰的天空下，在这块凉飕飕的土地上，他和"王子"是唯一的生物，多么孤独！多么无助！

"跑啊，'王子'！"阿曼罗的呐喊淹没在无休止的风声里。他担心自己会害怕，所以拼命鼓励自己，"没什么好怕的！我现在不回头，翻过下座雪堆再回头！"他稍微拉紧缰绳，控制"王子"飞奔的脚步。

终于，在这个坡顶，阿曼罗见到了矮小的羚羊群！它们与西北方的天际线相接壤，中间站着的不就是"公主"吗？突然间，大草原仿佛变成了一个陷阱，牢牢地困住了他。

远远地，阿曼罗看见了"公主"小小的身影。它正站在小雪山脊部，朝着东面看去。阿曼罗脱下手套，两指放进嘴里，吹起尖锐的口哨声。在明尼苏达州的牧场时，"公主"还小，他就经常吹哨呼唤"公主"。但是，无情的草原之风吞噬了阿曼罗的口哨声，也卷走了"王子"撕破喉咙的长啸。"公主"站在原地，依然没有看见他们。

阿曼罗心急如焚，不停吹口哨，终于盼到了"公主"的回头！它看见了，远远地发出一声嘶叫，拱起脖子，卷起尾巴，飞奔过来。

"公主"呐喊着，爬上一座座雪丘，冲下一座座雪坡，终于见到了熟悉的身影。阿曼罗掉头，带着"王子"和"公主"一起回小镇。西北方的羚羊群如同云团，消失在天际线以下，而"公主"依然顺从地跟在他身后，若隐若现。

回到粮仓后面的马厩，阿曼罗把"王子"牵回畜栏，轻轻地抚顺"王子"的毛发，往马槽填满干草，再提起水桶给它喂水。

马厩门嘎吱嘎吱作响，阿曼罗开门让"公主"进来。它气喘吁吁，身体两侧起起伏伏，全身是汗，看起来像是起了一层白色的泡沫。一团泡沫裹着汗水滴到了地上。

阿曼罗关上门，用马梳轻轻刷走"公主"身上的泡沫，擦身子，裹毛毯。再将一块湿布塞进"公主"嘴里，湿润它的舌头。最后按摩一下它的小长腿，擦干上面的水滴。

"'公主'，你真以为自己能跑得过羚羊啊？出糗了吧？"阿曼罗说，"我再也不会让一个傻瓜骑你了。现在你暖和了，舒服了，就安心休息吧。我一会儿再给你喂水喂草。"

爸爸默默地走进厨房，一声不吭地将猎枪挂回钩子上。没人说话，大家都清楚爸爸没成功捕到羚羊。凯莉发出一声叹息。没有羊肉，没有汤汁面包了……爸爸坐在炉子旁，摊开双手取暖。

过了一会儿，他告诉母女几人，"福斯特兴奋过头，跳下马背，大老远就乱开枪，吓跑了羚羊。唉，我们都还没有机会开枪呢，羊群就竖起尾巴，朝北方扬长而去。"

妈妈扔了一捆干草棒进炉子，"没关系，这季节羊肉不肥。"

劳拉也明白，羚羊要刨开厚厚的雪块，才能找到干草充饥。

暴风雪来了，它们无法进食。现在雪那么深，它们挖不到干草，一定在饿肚子。这时节的羊肉肯定又瘦又硬，但那总归也是肉啊！土豆和小麦面包都快吃腻了。

　　"阿曼罗的马也跟着羊群跑了。"爸爸给凯莉和格蕾丝讲了"脱缰野马追随羚羊群"的故事。它无拘无束，驰骋于雪海，与羚羊为伴，奔北方而去。

　　"它回来了吗，爸爸？"格蕾丝瞪大双眼。

　　"我不知道。阿曼罗骑马去追了，不知道他回来了没。卡罗莱，你先准备午饭，我去粮仓看看。"

　　粮仓空荡荡的，后厅的罗耶热情地将爸爸迎进去，"你来得正是时候啊，英格斯先生！来尝尝馅饼和培根！"

　　"我不知道你正在吃午饭，真不好意思，"爸爸说完，看了看炉子中的热培根，盘子上的仨薄饼，桌子上的蜜糖浆和壶子里的热咖啡。此时，罗耶还在继续煎薄饼。

　　"我们饿了就吃饭，这大概是单身汉的好处。家里没女人，吃饭很随意。"罗耶说。

　　"你们囤货了啊，可真幸运。"爸爸投去羡慕的眼神。

　　"我们运了一车饲料过来，我就想顺便带点日常用品过来。"罗耶回答说，"我可真后悔没有多运两车。估计火车来之前，我还能卖掉整整一车饲料呢。"

　　"你可以的！"爸爸看着空荡荡的房间，扫视挂满了衣服和马具的墙面，注意到里墙有块位置空出来了，"你弟弟还没回来吗？"

　　"他刚到马厩，"罗耶说完大喊，"天啊，看那儿！"透过窗户，他们看见了卸下马具的"公主"，裹着汗水泡沫，飞奔向马厩。

　　他们正在谈论上午的打猎，以及福斯特先生的疯狂射击。此时，阿曼罗走了进来。他把马鞍扔到角落里，以后洗完了再挂到墙上，靠近炉子旁暖暖身子。然后，兄弟俩叫爸爸坐下来，一起吃午饭。

　　"罗耶的薄饼没我做的好吃，"阿曼罗说，"但这培根可是天下无敌啊！

自家猪肉制成，山核桃木熏制。明尼苏达老家农场的猪吃玉米长大，肉质细腻，不信你尝尝。"

"英格斯先生，坐卜来，别客气！地窖里面的茶碗内还有很多呢！"见罗耶这么热情，爸爸也就不客气啦。

21. 严 冬 降 临

第二天早上，北风呼啸，而太阳已经高挂在天上，今天仿佛更暖和了。

"天气可真好。"妈妈一边吃早餐，一边欣赏天色。但爸爸却摇了摇头。

"阳光太猛烈了，不太正常。"他说道，"我去地里多拉点干草回来，披屋里的恐怕不够用，暴风雪再来就麻烦了。"吃完饭，爸爸就匆匆忙忙出发了。

透过窗户上的霜花，妈妈、劳拉和凯莉时不时望向西北面的天空，神色慌张。爸爸到家时，太阳依然晒得猛烈。下午吃过小麦面包、烤土豆后，爸爸去街道对面打探消息。

不一会儿，他吹着口哨，愉快地穿过前厅，冲进厨房，大声喊道："猜猜这是什么！"

格蕾丝和凯莉飞奔上去，摸了摸爸爸手中的袋子。"这是……这是……"凯莉犹豫不决，怕说错话。

"这是牛肉！"爸爸说，"四磅牛肉！面包和土豆的好伴侣啊！"他将袋子递给妈妈。

"查尔斯！你从哪里弄来的牛肉？"妈妈不敢相信这是真的。

"福斯特杀了牛，"爸爸说，"我去得正是时候。不论硬骨还是软骨，全卖二十五美分一磅。我买了四磅！现在我们是不是幸福得像国王一样啊，孩子们！"

妈妈迅速掀开牛肉上的包装纸，"我要烤了它，再炖着吃。"

仅仅是看着牛肉，劳拉已经垂涎欲滴。她咽了咽口水，"您可以做点肉汁吗，妈妈？加点水，加点小麦面粉。"

"没问题。"妈妈笑了笑，"省着点，这足够我们吃上一个星期呢，那时火车一定会过来，对吧？"

她笑眯眯地看着爸爸，突然脸色一变，"怎么了，查尔斯？"

"呃……"爸爸不情愿地清了清喉咙，"我实在不想告诉你们，但火车不会过来了。"

母女几人站在原地，惊讶不已。"铁轨不通车，看来要等春天了。"

妈妈甩甩双手，瘫坐在椅子上。"怎么可能，查尔斯？我们不可能撑到春天，现在才一月初啊！"

爸爸说："火车实在过不来。每次刚清理完雪堆，暴风雪就又把铁路封上了。特雷西和小镇之间有两趟火车，全都埋在雪下了。没办法，每次工人们都把雪铲到铁路两旁，形成高高的雪堆。暴风雪一来，铁路又铺满了雪，现在堆得跟两边的雪堆一样高了。特雷西的指挥官已经失去了耐心。"

"耐心？"妈妈大喊，"耐心！这与他的耐心有何关系？他明知道我们已经没有食物了，怎么可能撑到明年春天？他的任务是让火车动起来，不能因为没耐心就撒手不管。"

"卡罗莱，别生气。"爸爸摸了摸妈妈的肩膀。她在围裙上擦擦双手，平静了下来。"过去一个月，火车也没来，我们不照样过得好好的吗？"爸爸不停安慰她。

"说是这么说，可……"妈妈很无奈。

"只剩这个月了，二月份很短，三月份就是春天了。"爸爸说。

劳拉看看眼前的四磅牛肉，想着家中仅剩的几颗土豆，还有角落里那点小麦。

"还有小麦吗，爸爸？"她低声问道。

"我不知道，劳拉，"爸爸一脸茫然，"不要担心，我上次带了整整一蒲式耳回来，不可能那么快就吃光。"

劳拉又忍不住问："爸爸，您能抓到野兔吗？"

爸爸抱着格蕾丝，坐在烤箱前面。"过来吧，劳拉丫头。还有你，凯莉。我给你们讲个故事。"

他没有回答劳拉的问题。不用问，也知道答案。整个乡村，上上下下不见一只兔子，它们一定是随着鸟儿奔向了南方。爸爸每次拉干草，都没有带上猎枪。如果他见过哪怕只有一只野兔的活动痕迹，他肯定会带上枪的。

凯莉走近爸爸膝盖前，劳拉也靠了过去。他一手揽住劳拉的双肩，一手抱着哈哈大笑的格蕾丝。在劳拉小时候，爸爸就经常用棕色的胡子刺她的小脸蛋，就像对待现在的格蕾丝一样。烤箱暖气四溢，爸爸的肩膀可真舒服。

"格蕾丝、凯莉、劳拉、玛丽、卡罗莱，我给你们讲讲特雷西指挥官的故事。很有趣的噢！"爸爸说。

特雷西指挥官是东区人。有一天，他坐在东区办公室，命令火车调度员上岗，维持火车的运行秩序。然而，火车司机报告称，暴风雪阻碍了火车的通行。

"暴风雪阻挡不了我们东区人！"指挥官说，"请西区分部竭尽全力，维持火车运行，这是命令！"

然而，西区火车频频停住，前方不断传来报告称：铁轨上堆满了大雪。

于是，指挥官下命令，"清理雪堆，加派人手，维持火车运行，不惜一切代价！"

人手加派了，成本提升了，然而火车还是停在原地。

指挥官说："我亲自去清理雪堆。真该向那些人展示，我们东区人是怎么干活的。"

所以，指挥官乘坐专车，出发去特雷西。他穿着特制服装，戴着特制手套，披着毛里衬大衣。"我亲自来，让你们瞧瞧该怎样通车。"

接触久了你就会发现，尽管他桀骜不羁，但他为人并不坏。他乘坐工作火车，来到特雷西西部，跟随工作人员一起，挖走铁轨上的雪块。指挥有序，井井有条。他挖雪的速度比别人快两倍，用不上几天，轨道已经清理完毕。

"活儿就该这么干！"他说道，"明天通车，继续前进。"然而，当天晚上，一场暴风雪袭击了特雷西，他的专车停在原地。暴风雪过去，轨道上又积满了雪，足足与两旁的雪堆齐头。

他再次带领工作人员，出发去铲雪。这回更耗时，更耗力，因为雪更多。然而，在大家的共同努力下，火车还是开通了，可你说巧不巧，又一场暴风雪降临了。

不得不承认，指挥官真是锲而不舍。他再次挖走雪块，清空铁轨。他前脚刚踏进特雷西办公室，后脚又跟来了一场暴风雪。这次，他命令两组新人员，跟随两个火车头，拉着扫雪机，重新出发。

他跟随第一个火车头出发，铁轨上的雪堆得像座小山。两旁厚厚的雪堆尚未融化，中间铁轨又积满了土块和新雪，足足有一百英尺深，坡面绵延 0.25 英里。

指挥官大声喊道："兄弟们！我们扛起锄头，抬起铲子，干起活来，只要把这地儿清理干净，扫雪机就能开动了。"

他以薪资加倍来鼓舞士气。大家干得更起劲，不到两天就清走了大部分雪，只剩下了十二英尺。这回，指挥官学聪明了，他知道天气能晴三天，所以第三天，他直接开上扫雪机。

他命令火车司机，拼接两个火车头，推着扫雪机，开始清理雪堆。两组工作人员齐心协力，不到几小时，他们又铲掉了几英尺的雪。这时，指挥官下令暂停工作。

"现在，"他命令火车司机，"你们把火车退到两英里以外，再开足马力，全力冲过来。你们的速度应该可以达到四十英里每小时，这样就能一口气把雪堆清理干净！"

两位司机爬上火车头，而后，前面的司机又跳了下来，走向指挥官。工作人员围成一圈，跺跺脚，拍拍手，相互取暖。他们竖起耳朵，想听听司机在说什么。司机径直走向指挥官，抱怨这样做根本没有用。

"我不干！"他说，"我开了十五年火车，没人敢说我是胆小鬼。但我不会听你的话，开车去自杀。你让我以四十英里每小时的速度去撞一座深十英尺的雪堆，指挥官先生，不好意思，我不干！您另请高明吧，我辞职！"

此时，爸爸停了下来，凯莉说："我不怪他。"

"就该怪他，"劳拉说，"他不应该辞职。如果这办法行不通，他应该想其他办法来解决问题。他肯定是吓怕了。"

"即便害怕，"玛丽说，"他也应该服从命令。指挥官肯定知道怎么做才最好，否则怎么称得上是指挥官呢？"

"他就是不知道，"劳拉辩解，"否则早该通车了。"

"继续讲，爸爸，继续讲！"格蕾丝央求道。

"要说'请'噢，格蕾丝。"妈妈提醒她，说话要有礼貌。

"请您继续讲，爸爸！接下来呢？"格蕾丝很听话。

"爸爸，指挥官怎么办呢？"玛丽问。

"他炒了火车司机吗，爸爸？"劳拉问。

爸爸继续讲下去……

指挥官看看司机，看看站在周围旁听的人，他说："我也曾经是个火车司机。我不敢做的事情，我不会命令任何人去做。现在开始，看我掌舵。"

他跳上火车头，启动引擎，两列火车一齐后退。

指挥官退了足足两英里，远远看上去，火车比拇指还小。然后，他鸣笛示意，两列火车头铆足干劲，一齐加速。

两个火车头全速前进，风门全开，越开越快。头顶黑色的煤烟被远远地抛在身后。车头灯在阳光的照射下，闪闪发光。车轮已不见轮廓，越滚越快，越来越近。火车以50英里/小时的速度，咆哮着冲向雪堆。"

"然后呢……爸爸？"凯莉吓得上气不接下气。

一股大雪喷涌而上，落在了方圆40码的土地上。片刻间，大家什么都看不见，没人知道发生了什么事情。直到有人跑过去，才发现第二列火车的一半车身都埋在雪堆底下，司机正从尾部爬出来。他浑身发抖，倒也没受什么伤害。

大家一拥而上，"指挥官呢？他怎样了？"司机一脸不屑，"谁管那个魔鬼，我没死就是万幸！以后给我一百万两黄金，我也不干这种事。"

领班一声命令，大伙抢起铲子，挖开第二列火车周围的松土。司机爬上车头，启动引擎，沿着轨道后退火车。工人们满腔怒气，一铲子一铲子地挖雪，终于看到了第一列火车和指挥官。而几乎同时，他们挖到了厚厚的冰块。

　　第一列火车全速前进，一头撞进雪堆里。蒸汽太热，融化了大雪。而雪水遇冷又凝结成冰。指挥官坐在冰冻的车头，脸色比大黄蜂还凶狠！

　　格蕾丝、凯莉和劳拉捧腹大笑，就连妈妈也笑了起来。

　　"可怜的人啊，"玛丽说，"我们不该取笑他。"

　　"为什么不呢？"劳拉说，"谅他再也不敢自以为是了。"

　　"俗话说，'骄兵必败'！"妈妈说。

　　"请您继续讲，爸爸！"凯莉说，"他们把指挥官挖出来了吗？"

　　是的，他们打破冰层，挖开一个洞，把指挥官拉了上来。他和火车头都毫发无损，只可怜了扫雪机。指挥官爬出雪堆，走向第二个司机，

"你能把它倒出来吗？"

司机说没问题。

"那就行动吧。"指挥员站在原地，看着大家挖出火车头。然后他回头对工人们说："上车，我们回特雷西，明年春天再干。"

"女儿们，你们瞧瞧，他真的没有耐心。"爸爸说。

"没有毅力的家伙。"妈妈说。

"确实如此。铲子和扫雪机无法开路，并不代表毫无办法，他就这样放弃了尝试。东区人就是东区人，不像我们西区人这样有耐心，能坚持。"爸爸说道。

"他什么时候放弃的，爸爸？"劳拉问。

"今天早上。伍德沃斯先生收到了特雷西话务员的电报消息，事情的经过就是这样子，"爸爸回答说，"我要赶紧去干活，不然就天黑了。"

他紧紧地抱了抱劳拉，放下膝盖上的凯莉和格蕾丝。劳拉明白爸爸的心思，自己已经足够大了，是时候陪爸妈渡过难关了。她不能慌不能乱，要振作精神，照顾全家。

妈妈脱去格蕾丝的外衣，轻轻唱歌安抚她。劳拉也跟着唱了起来：

> 噢，迦南，美丽的迦南，
> 我要出发去……

"跟着唱，凯莉！"劳拉催促她。随后，玛丽甜美的女高音加了进来。

> 在波涛汹涌的约旦河畔，
> 我的眼睛里面充满渴望。

前方是美丽的迦南乐土，

那儿有我的土地和财产。

噢，迦南，美丽的迦南啊，

我要出发去乐土迦南……

夕阳西下，映红了窗玻璃。厨房微微泛红。一家人站在火炉旁更衣唱歌。突然，劳拉察觉风声有变，窜进了几个狂野恐怖的音符。

哄睡了几个孩子，妈妈安心下楼了。听着屋外北风呼啸，想着风雪摧残房子，姐妹几人抱得更紧了。她们躲在被子底下，瑟瑟发抖。劳拉心想，孤独的房子啊，迷失在风雪中！白色的荒野啊，淹没了点点亮光！寂寞的小镇，无尽的草原，狂风在吹，大雪在下，遮挡了太阳，熄灭了星光。

劳拉一心念着明天的午饭——香喷喷的大麦面包和牛肉。然而，一想到孤独的小镇和遥远的春天，她还是不免感伤。只剩半蒲式耳小麦和几个土豆，这些还远远不够！

22.又黑又冷

　　狂风吹，大雪飞，停也停不下来。偶尔喘口气，只为了等待西北方一股更强的暴风雪。三天三夜，狂风暴雪携带冰沙，无休无止地抽打着黑暗的小屋，冲刷着阴冷的外墙。太阳只露脸一个上午，狂野的风和暴怒的雪又席卷而来。

　　有时在寒冷的夜里，半睡半醒的劳拉会梦见，屋顶被冲刷得薄薄的。恐怖的暴风雪，如天空般无边无际。它面目狰狞地悬浮在房子上空，手拿一块隐形的布，不停地擦着薄如纸片的屋顶……滴滴滴，屋顶破洞了！哈哈哈，狂风进来了！劳拉惊跳起来，及时逃离了这场噩梦。

　　这一醒，她再也不敢入睡了。小小的她安静地躺在黑暗世界里，四面是无穷的夜，八方是无尽的黑。从前的黑夜多么宁静，多么祥和啊！而今成了暴风雪的帮凶。"我不怕黑暗！"她不停自言自语，但心里却极度恐慌，生怕自己的一举一动，一呼一吸都会引来黑暗的锋牙利爪。它也许就匍匐在围墙内，飘浮在结满霜的铁钉上，潜伏进了劳拉温暖的被窝里，偷听她急促的呼吸声，监视她的一举一动。

　　还是白天好，天蒙蒙亮，周围景色依稀可见。黎明之光溜进厨房，射进披屋。玛丽和凯莉启动咖啡磨，轮流磨小麦。妈妈做面包、扫地、清洁和烧火。劳拉和爸爸在披屋内拧干草棒，直到手冻僵了，拧不动了，他们才回到火炉旁暖手。

干草之火无法驱逐厨房之寒，但火炉周围却是暖融融的。玛丽抱着格蕾丝坐在烤箱前面，凯莉站在烟囱之后，妈妈坐在火炉的另一边，爸爸和劳拉则俯身于炉膛之上，感受跃动之火的温暖。

他们的手冻得又红又肿，皮肤冰冷。尖锐的干草割得他们满手伤口，连左边的衣服和袖子都被刮破了。妈妈打上了补丁，但很快，连补丁也无法幸免。

早饭吃小麦面包。新出炉的面包香脆可口，热气腾腾，妈妈让大家蘸茶水吃。

"查尔斯，还好你买了这么多茶叶，想得真周到。"妈妈称赞爸爸。屋内还有许多茶叶，白糖也够用。

晚饭吃水煮土豆，一共有十二个。格蕾丝只要一个，其他人吃两个，妈妈坚持让爸爸吃掉最后一个。"这些土豆个头并不大，查尔斯，"她说道，"你必须补充能量，能吃就不要浪费。我们母女都吃饱了，是吧女儿们？"

"我们都饱了，爸爸，我们都不想吃了。"女儿们齐声说道。她们确实不饿，爸爸才饿。他在外面与暴风雪搏斗，在晾衣绳下挣扎。一回到屋内，看见香喷喷的小麦面包和热腾腾的水煮土豆，爸爸就两眼放光。而她们只是心累了，厌倦了狂风暴雪，厌倦了寒冷阴暗，厌倦了面包土豆，厌倦了浑身乏力而百无聊赖的生活。

劳拉每天都挤出时间学习。每次拧完干草，足够烧一小时后，劳拉就会走到玛丽身边，坐在火炉和餐桌之间，打开教科书。然而，她感觉头脑木讷，迟迟想不起历史知识。劳拉双手托住脑袋，盯着写字板上的问题发呆，既不知道怎么解答，也不想解答。

"打起精神来，女儿们！可不能整天无精打采噢。"妈妈说，"挺直腰杆，劳拉和凯莉！认真完成功课，我们再找点乐子玩。"

"玩什么，妈妈？"凯莉问道。

"做完作业再说。"妈妈回答。

等两姐妹做完作业，妈妈取出《第五读者》一书。"现在，我们来看看，你们还记得多少内容。你先来，玛丽，你想背哪一章呢？"

"《雷古勒斯的演讲》。"玛丽回答。妈妈翻开那一页，玛丽开始背诵。

"'你不假思索，以己之德度罗马智慧，即便破坏誓言，我亦不会回头，忍受你的复仇之心！'"玛丽能背出整首辉煌的抗争史诗，"'如今在你的都城，我要与你决战到底！如若未能征服你的军队，烧光你的小镇，拖上你的将军，我何时才能练兵强将，使出一枪一矛？'"

厨房仿佛更宽敞更温暖了，文字比暴风雪更有力量。

"背得真棒，玛丽！"妈妈连连称赞，"到你了，劳拉？"

"《土八该隐的故事》。"劳拉站起身来，跟随土八该隐敲槌的节奏，铿锵有力地背诵起来。

> 那时地球年纪轻，
> 土八该隐力量大。
> 熔炉之火嘶嘶烧，
> 铁锤抡动哐哐响……

劳拉还没背完，爸爸走了进来。"丫头继续，不要停下来。这真是一首火之歌啊！"爸爸脱下布满冰和雪的外套，弯腰侧向火堆，融化眉毛上的雪。

> 土八该隐万万岁！
> 忠诚可靠好朋友；
> 锄地犁田干农活，
> 我们夸他样样行。

暴君横行恶当道，

　　压迫势力抬抬头。

　　谢君犁头功劳大，

　　手握刀剑莫能忘。

　　"每个字都正确噢，劳拉！"妈妈笑着合上书本，"明天轮到凯莉和格蕾丝。"

　　拧干草棒的时刻到了。坐在阴冷的披屋里，劳拉瑟瑟发抖，她一边拧着锋利的干草，一边回忆其他的诗句。真期待明天下午的到来啊！《第五读者》里面有如此多美妙的诗歌，真希望自己记住的跟玛丽一样多，一样好。

　　肆虐的暴风雪，偶尔也能消停片刻。狂风停止了呼啸，大雪停止了乱舞，上方空气通亮，爸爸外出拉草。

　　劳拉和妈妈迅速洗完衣服，晾在外头风干。没人知道暴风雪何时又来，说不定下一秒云团就会聚集，跑得比马儿还要快。远在草原那头的爸爸并不安全。

　　暴风雪性格古怪，有时候能停上半天，有时候只在夜晚光临。碰上这样的好日子，爸爸一天能拉三车干草。在爸爸回来并安顿好大卫以前，劳拉和妈妈总会在家里辛勤忙活着，时不时看着天空，听着风声。凯莉也一声不吭，在窗户上挖了个小孔，朝外瞧瞧西北方。

　　爸爸经常说没有大卫怎么能行。"它真是匹好马，"爸爸说，"难得遇见这么听话、这么有耐心的马儿。"每次大卫滚进雪堆时，它总会站在原地，等待爸爸挖它出来，然后不动声色地拉着雪橇绕过洞口，继续前进。数不清它掉进多少次雪洞了。"真希望能喂它点燕麦和玉米。"爸爸很是心疼。

　　狂风又呼啸而起，大雪又扑打而来，爸爸说："多亏有大卫，我们的干草能顶上好一阵子了。"

顺着晾衣绳，爸爸在马厩和房子间来回游走。干草、小麦和土豆还有剩，爸爸安心地回到家中。那天下午，玛丽、劳拉和凯莉开始背诵诗歌。即便小格蕾丝都能背出《玛丽的小羊羔》和《小波比的绵羊不见了》，多么令人开心啊！

劳拉很开心，每次给格蕾丝和凯莉说故事，她们的双眼总能闪烁光芒。

> 仔细听，亲爱的孩子！
> 你会听到保罗·列维尔的午夜狂奔。
> 1875 年的 4 月 18 日，
> 这个多么重要的日子！
> 有谁还记得？

劳拉和凯莉还喜欢齐声朗诵《天鹅窝》：

> 小艾丽独自坐在草原的木头上，
> 溪水潺潺，绿草青青，落叶纷纷，
> 飘过她的秀发，滑过她的脸颊……

那儿真温暖，真安静！绿草沐浴在温暖的阳光之下，溪水欢乐地为自己唱起歌儿，叶子轻轻地与人类共语，昆虫疲倦地嗡嗡作响。与小艾丽在一起，劳拉和凯莉仿佛忘记了寒冷，忘记了屋外的暴风雪。

一个安静的早晨，劳拉下楼，发现惊讶的妈妈和大笑的爸爸。"快去后门看看！"他对劳拉说。

她穿过披屋，打开后门，只见一条幽暗的冰雪隧道，粗糙矮小，完全由白色雪块打造而成。隧道顶部严严实实地盖住了门顶，无缝对接。

"今天早上，我必须像囊地鼠一样挖洞，才能到马厩去啊。"爸爸解释说。

"那些雪怎么办？"劳拉很好奇。

"我把洞挖得很矮，容得下我便可。我先在头顶挖了个洞，再将挖出的雪扔到洞外，最后封紧洞口。冰雪隧道真是天然的避风港！"爸爸兴高采烈，"只要雪堆撑得住，我就不用挨冻干活啦。"

"雪有多深？"妈妈问。

"不好说，但一定高出了披屋顶部。"爸爸说。

"我们的房子该不会埋在雪底了吧？"妈妈惊讶极了。

"如果是，那还挺好。"爸爸说，"你没发现厨房比以往温暖了不少？"

劳拉跑上楼，刮开玻璃的霜花往外看。难以置信，小镇大街与双眼齐平！透过冰光闪闪的雪面，劳拉看见霍桑先生的装饰墙，方方正正，空空荡荡，好像一块木篱笆。

突然听到一声欢快的呐喊，劳拉眼前出现了马蹄。八只结实的灰色马蹄，八个细长的棕色脚踝，一弯一曲，一张一弛，拖着一只长长的雪橇，飞奔向前。雪橇上站着两双靴子。劳拉蹲下身子，朝着细孔向上看，而雪橇已经跑远了。晴空万里，阳光似把刀，戳伤了她的眼睛。她迅速跑下温暖的厨房，告诉大家自己的所见所闻。

"那是怀尔德兄弟在拉干草。"爸爸说。

"您怎么知道，爸爸？"劳拉问他，"我只看到了马蹄和靴子。"

"除了怀尔德兄弟和我，没人敢离开小镇，"爸爸说，"他们都担心暴风雪。怀尔德兄弟把大泥潭的干草全部拉回小镇，每车卖三美元。"

"三美元！"妈妈吓了一跳。

"没错。想想他们冒着这么大的风险去拉草，其实也不贵。他们从中挣了不少钱。真希望我也能这样！但他们有煤炭可以烧，我们只有干草。能撑得过这个冬天就很不错了，要知道，我可从没想过拿干草做燃料啊。"

"他们跟房子一样高！"劳拉大喊，难掩内心的兴奋。大概只有囊地鼠这样的小生物，才能眼睁睁地看着马蹄、雪橇和靴子从眼前飞过吧。

"他们没有沉没在雪堆里，可真是个奇迹。"妈妈说。

"噢，不会的。"爸爸狼吞虎咽地吃下吐司面包，喝完手中的茶，"他们不会沉下去。北风将雪堆得像石头一样结实，留不下马蹄的痕迹。只有下方长草时，雪块才会松散。"

爸爸迅速裹上外套。"我今天早上挖隧道，耽误了些时间，让他们抢先一步了。现在我要把大卫挖出来，趁着太阳好，拉多点干草！"他哈哈大笑，关上了身后的门。

"有了隧道，你们爸爸开心了不少。"妈妈说，"谢天谢地，他可以在挡风避雨的地方干活儿了。"

整整一天，厨房的窗户看不到天空。埋在雪堆下的房子温暖得很，劳拉拉着玛丽到披屋，教她拧草棒。玛丽一直想学，无奈披屋太冷。今天有机会学一学，玛丽却花了很多时间，因为她看不见劳拉的动作，不懂怎么绕草茎、握草秆、塞草尾。不过坚持到最后，她还是成功了。她们只休息了几次，就拧完了一天的量。

厨房很温暖，大家不用挤在火炉周围。房子很安静，只有妈妈和玛丽摇摇椅的声音、笔落作业本沙沙响的声音、茶壶水开咕噜噜的声音，以及大家的窃窃私语。

"雪堆真好！"妈妈不禁感慨。

但是，她们看不见天空。即便看见了又如何，黑压压的乌云飞过，谁也挡不住。她们帮不上爸爸的忙，只能祈祷爸爸注意天色变化，早点回家。劳拉心想了好几次，终于忍不住跑上楼，看向窗外。

咚咚咚的脚步声传来，妈妈和凯莉迅速看向楼梯口。"天晴了，天晴了！雪地上点点亮光，一点风儿都没有！"劳拉大喊着跑下楼，好让玛丽听见。

那天下午，爸爸拖着一大把干草，穿过冰雪隧道，填满披屋。他挖通了马厩门口的隧道，这样大卫才能出来。此外，冰雪隧道在马厩另一端拐了个弯，防止冷风吹进来。

"从没见过这种天气，"爸爸说，"现在外面肯定有零下四十摄氏度。冰封世界，空气静止。继续这样倒也好，有了冰雪隧道，干活都不成难题了。"

接下来的那天，空气依旧静止，黄昏依旧暗淡，温度依旧低下，仿佛一个一成不变的梦，跟随着钟表的转动，滴答滴答蹚过历史长河。闹钟清清喉咙，准备整点报时了，劳拉迅速跳回座位上。

"别紧张，劳拉。"妈妈喃喃自语，仿佛半睡半醒。她们那天什么都没做，只是干坐着。

宁静的夜晚过后，迎来了狂风呼啸的早晨。风又吹了，雪又飞了，熟悉的鬼哭狼嚎之声又回来了。

"哇，隧道坍塌得真厉害。"爸爸进屋吃早餐。他的眉毛又裹上了厚厚的白雪，他的外套又冻上了硬硬的冰块。寒气入侵，火炉又成了唯一温暖的地方，"真希望我的隧道能顶住一场暴风雪啊！可惜了，这该死的鬼天气！吐一吐口沫渣子，我的隧道就没了。"

"别说脏话，查尔斯！"妈妈突然大怒，而后又害怕得掩住嘴唇，"噢，查尔斯，对不起！我不是故意说你的。但这风吹啊吹……"她的声音越来越小，而后沉默了。

"我知道，卡罗莱，"爸爸说，"我知道你很烦恼。暴风雪让人精力疲惫。吃完早餐，我们就读一读利文斯顿的《非洲》吧！"

"可是，我早上烧太多干草了，查尔斯。"妈妈说，"干草不够用了，这样下去会很冷。"

"没关系，拧干草是小事一桩。"爸爸说。

"我来帮您，爸爸。"劳拉主动说。

"我们有一整天呢。"爸爸说，"马厩已经安置妥当，我今晚过去喂食即可。我们先拧干草棒，再读书。"

格蕾丝开始呜呜抽泣，"我的脚好冷。"

"真不害臊，格蕾丝！这么大女孩了，知道冷就赶紧过去暖暖脚！"劳拉说。

"过来这里，我抱抱你，暖暖脚。"玛丽摸索着走向烤箱前面的摇摇椅。

劳拉和爸爸备好了一大把干草棒，抱到火炉前面。凯莉拿上了爸爸的绿皮书。

"请给我们讲讲狮子的故事好吗，爸爸？"凯莉央求爸爸，"狂风呼啸就像狮子在叫。"

"我可能需要点灯，卡罗莱，这字太小了。"听爸爸这么一说，妈妈点起了纽扣灯，放在他旁边。

故事发生在一个非洲丛林的夜晚，熊熊燃烧的篝火发出橙色的亮光。四周都是野生动物，它们在怒吼，在尖叫，在咆哮，有狮子，有老虎，有土狼，还有一两只河马。因为害怕火光，它们不敢向前走来。硕大的叶子在树上晃动，奇怪的鸟儿在尖声呼叫。黑漆漆的夜里，头顶繁星闪烁，空气热得几乎令人窒息。就在这样的夜里，发生了一件事情。

爸爸讲起了故事。

劳拉努力跟上爸爸的思维，却总感觉脑瓜子不灵活。无穷无尽的狂风吹走了爸爸的声音，仿佛什么都听不见、什么都想不了、什么都干不了。暴风雪尽情肆虐，无休无止。

她累了，厌倦了寒冷与黑暗，吃腻了面包和土豆，不想再拧干草棒，不愿再磨小麦粉、生炉子火和洗碗铺床。每天睡了又醒，醒了又睡，无聊的日子何时是个头？暴风雪呜咽呜咽，阵阵杂音入耳，声声如同鞭子，狠狠地抽打着劳拉的耳朵。

她突然打断了爸爸的故事，"爸爸，要不一会儿拉小提琴？"

爸爸惊讶地看着她，放下书本。"丫头，如果你想听，我就拉。"

他的双手一开一合，手指来回活动。劳拉从炉子后的柜子里取出小提琴盒，递给爸爸。

爸爸用松香涂抹琴弓，用下巴夹住小提琴，再调试了一下琴弦。他看着劳拉。

"请演奏《邦妮·杜恩》吧，爸爸！"劳拉说道。于是，爸爸一边拉着小提琴，一边唱了起来：

邦妮·杜恩美人儿，

多么清新，多么美丽！

然而，小提琴的每个音符都不太正确。爸爸的手指不够灵活，找不准调子。突然间，琴弦折断，音乐跑调。

"我手指冻太久了，僵硬、麻木，恐怕没办法拉下去了。"爸爸惭愧地将小提琴放回盒子里，"放起来吧，劳拉，我们只能改天再拉。"

"查尔斯，过来帮帮忙，我正好需要你！"妈妈从玛丽手中拿走咖啡磨，倒出小麦粉，再盛入新小麦，交给爸爸，"还需要磨更多面粉，午饭才够吃。"妈妈说。

妈妈从炉子里取出覆盖严实的酸水盘，迅速搅动，量上满满两杯，倒入盘子，加入盐和小苏打，以及玛丽、凯莉和爸爸磨好的面粉。

"这就够了，谢谢你，查尔斯！"她说道。

"我还得出去一趟，赶在天黑前，把活儿干完。"爸爸说。

"你回来就可以吃饭啦。"妈妈说完，爸爸便裹上外套，走进风雪中。

劳拉盯着模糊的窗户，听着呼啸的北风，心里很不舒服。爸爸不能拉小提琴了，这是多么糟糕的事儿啊！真不应该让爸爸拉，他可能还不知道自己拉不了琴。

火炉边，妈妈坐在玛丽对面的摇摇椅上，旁边依偎着凯莉。她抱着格蕾丝，轻轻地摇动椅子，暖暖地唱起歌儿：

> 让我来为你高歌一曲，
> 美丽的土地，遥远的灵魂之家。
> 那儿无风无雪，那儿阳光明媚。
> 日复一日，年复一年。

哀伤的音符跃动在狂风的悲泣中，大雪乱舞无休无止，黑夜降临无声无息，此时的夜更深了……

23. 墙里的小麦

第二天早晨，雪堆已经消失了。劳拉刮去楼上窗户的霜花，往外看。大街露出坚硬的土层，低空偶尔飘过几阵飞雪。

"妈妈！妈妈！"她大喊，"我看到地面了！"

"我知道。"妈妈说，"昨晚，大风刮走了所有的积雪。"

"什么时候？我是问，现在几月了？"劳拉感觉自己说话很迟钝。

"二月中旬。"妈妈回答说。

劳拉没想过春天离自己这么近，二月份很短，三月份就是春天了！火车会过来，他们都能吃上白面包和鲜肉块了！

"我已经吃腻了小麦面包，上面干瘪瘪的什么都没有！"劳拉说。

"不许抱怨，劳拉！"妈妈迅速接上话，"永远不要抱怨你所拥有的东西，永远记住你是个幸运儿。"

劳拉从没想过要抱怨，也不知道该怎么解释，只好乖乖听话，"好的，妈妈。"然后，看着墙角那一点小麦，劳拉吃惊了！只有那么一点点，袋子几乎都空了。

"妈妈！"劳拉大喊，"你是说……"爸爸教育自己要不畏不惧，有什么就说什么。所以她大胆地问："我们还有多少小麦？"

"只够用到今天。"妈妈说。

"爸爸买不到了，是吗？"劳拉问。

"是的，劳拉。小镇已经没有小麦了。"妈妈小心翼翼地将小麦面团放进烤箱盘中，准备早餐。

劳拉努力控制自己的情绪，振作起精神，"妈妈，我们会饿肚子吗？"

"我们不会，"妈妈回答说，"如果真有必要，爸爸会杀了母牛艾伦和小牛犊。"

"噢，不要！不要！"劳拉大喊。

"小声点，劳拉。"妈妈说。此时，凯莉和玛丽正下楼，站在炉子边穿衣服。妈妈上楼抱下了格蕾丝。

爸爸一整天都在拉干草，中间回来一趟，告诉大家，他要在晚饭前去一趟富勒先生的小店，打探打探消息。

"有传言称，这里的南面或者东南面二十英里左右，有人在去年夏天种植了很多小麦，囤积在自家棚屋里。"爸爸说。

"谁说的？"妈妈问。

"是传言，几乎每个人都这么说。是福斯特起的头，他从一个铁路工人那儿听来的消息。去年秋天，有乘客告诉他，此人种了许多小麦，整整十英亩，每亩能产三四十蒲式耳的小麦，一共有三百多蒲式耳，就在二十里以外的南方。"

"你应该不会听风就是雨，打算去南方吧，查尔斯？"妈妈轻声地问。

"没什么问题的。只要晴上几天，雪地能滑雪橇，我就能……"爸爸说。

"不可以！"妈妈说。

爸爸惊讶极了，大伙儿从未见过这样的妈妈。她看似镇定自若，实则令人害怕至极。

她冷静地告诉爸爸："我说，不可以！你不能冒这种风险。"

"为什么……卡罗莱？"爸爸问。

"拉干草已经够危险了，你就别打小麦的主意了。"妈妈告诉他。

爸爸平缓地说："没有你想的那么糟糕，我不会有危险的……"

"我不想再听任何理由了，"妈妈心意已决，"这次听我的！"

"好好好，不去就不去。"爸爸同意了。

劳拉和凯莉看着彼此，感觉头顶有股雷电闪过，而后突然消失了。妈妈倒茶的双手在发抖。

"抱歉，查尔斯，我倒出来了。"她说道。

"没关系，"爸爸将茶托里的茶水倒入茶杯，"很久没试过用这种方式来冷却茶水了。"他说道。

"火快灭了。"妈妈说。

"不是火，是天气又转冷了。"爸爸说。

"说什么你也不能去。"妈妈说，"你一走，活儿谁来干？干草谁来拉？"

"你是对的，卡罗莱，我不去。"爸爸再三安抚妈妈，"我们有什么就吃什么，一起撑过去。"说完，他看了一眼墙角空荡荡的小麦袋子，没说什么，心想把活儿干完再说。晚些时候，他抱起一把干草棒，回到火炉边，暖暖双手。

"没小麦了吗，卡罗莱？"他问。

"是的，查尔斯，剩下的只够吃顿早餐。"妈妈说。

"土豆也没了吗？"

"似乎一下子，所有东西都吃光了。"妈妈说，"还有六个土豆，留着明天吃。"

"牛奶桶呢？"爸爸问。

"牛奶桶？"妈妈反问。

"我要去街上几分钟，把牛奶桶递给我。"爸爸说。

劳拉将牛奶桶递给爸爸，不禁问道："小镇有奶牛吗，爸爸？"

"没有，劳拉。"爸爸一说完，便穿过前厅，走出大门。

阿曼罗和罗耶正在吃晚饭。阿曼罗将薄饼层层叠好，抹上红糖浆。罗耶刚吃完一半，阿曼罗的盘子就快见底了。旁边放着另一盘高高的薄饼，足足有 24 只，个个裹满诱人的红糖浆，还没有人动过。这时，爸爸的敲门声传来，罗耶打开了大门。

"快进来，英格斯先生！坐下来，跟我们一起吃薄饼！"罗耶热情地请他进来。

"谢谢你。请问还能卖点小麦给我吗？"爸爸走进小屋。

"不好意思，"罗耶说，"我们也没有小麦了。"

"全卖光了吗？"爸爸问。

"全卖光了！"罗耶说。

"我愿意出高价。"爸爸咬咬牙。

"我也希望能多运一车过来啊，可惜全卖光了。"罗耶说，"坐下来，跟我们一起吃晚饭，尝尝阿曼罗引以为傲的煎薄饼。"

爸爸没有回答，而是径直走到后墙，从木桩上取下马鞍。阿曼罗大喊："嘿，你想干吗？"

爸爸将牛奶桶紧紧贴在墙上，拔出节孔上的木塞。顷刻间，小麦如泉水般一涌而出，哗啦哗啦流进桶里。

"我会买单的。"爸爸告诉阿曼罗。

"这是我的小麦种子，我不卖！"阿曼罗大喊。

"我们家的小麦吃光了，我要买点回去。"爸爸说。小麦源源不断地流入桶内，越积越多，碰到锡桶发出清脆的响声。阿曼罗站在一旁看着爸爸，而罗耶却坐了下来。他倾斜椅子，靠在墙上，双手插袋，咧着嘴嘲笑阿曼罗。

装满一桶，爸爸将木塞插进洞内，用拳头压实，再用手指轻轻地敲着整扇墙。

"你这里面还有很多小麦，"他说，"现在我们来谈价钱吧，这桶小麦卖多少钱？"

"你怎么知道里面有小麦？"阿曼罗很好奇。

"屋子内外不搭，"爸爸说，"里面足足少了 1 英尺，可以架上两根 2×4 英寸的墙骨。你里面就有 16 英寸的空间了。任何有眼睛的人都能看出来。"

"我真没想到。"阿曼罗说。

"那天捕羚羊时，你直接把马鞍扔在地上，我就注意到了节孔上的木塞。我想里面肯定有谷物，这是唯一有可能流出小麦的东西。"爸爸解释道。

"小镇里，还有谁知道这事儿吗？"阿曼罗问。

"应该没有。"爸爸说。

"英格斯先生，"罗耶插了句话，"我们不知道你的小麦吃光了。这是阿曼罗的小麦，不是我的。可我想，他也不至于绝情到看着人活生生饿死。"

"这是我的小麦种子，"阿曼罗说，"顶好的种子！不要告诉我，火车一定能赶在播种前送种子过来。我当然不愿意看别人挨饿，但你们也可以去找找小镇南部的小麦啊。"

"我听说，是东南面，"爸爸说，"我自己没想去，但……"

"你不能去。"罗耶打断了爸爸，"如果你遇到暴风雪，耽误了行程，或者碰到点什么，谁来照顾你的家人？"

"还是谈谈这桶小麦的价钱吧。"爸爸提醒他们。

阿曼罗摇摇手，"邻里乡亲的，那点小麦算什么？全送你了，英格斯先生。快拿张椅子过来，薄饼快凉了。"

但是，爸爸坚持要给钱。经过一番争论后，阿曼罗收了爸爸25美分。盛情难却，爸爸最终坐了下来。掀开薄饼盘顶层的蛋糕，爸爸取下热乎乎的糖浆薄饼。罗耶从煎锅内叉出一片烤得金黄的火腿，放到爸爸盘里。阿曼罗为他满上咖啡。

"你们两兄弟的生活真富裕。"爸爸不禁感慨。这可不是普通的荞麦薄饼，阿曼罗传承了母亲的手艺，他做的薄饼轻如泡沫，浸透了融化的红糖浆。火腿取自明尼苏达州的怀尔德农场，经过白糖腌制和山胡桃木熏制，香味四溢。"好久没吃过这么美味的饭了。"爸爸说道。

他们谈论了天气、打猎、政治、铁路和耕作。罗耶和阿曼罗让爸爸有空常过来。两兄弟不玩跳棋，所以很少去店里，还是自家更暖和。

"你也熟悉我们家的路，英格斯先生，有空常过来！我们两兄弟独自在家，你看我，我看你，都快腻死了。欢迎你过来，我们家的大门永远为你敞开！"罗耶热情地说。

"这是我的荣幸！"爸爸突然中断话语，竖起耳朵。阿曼罗陪他走出寒冷的门外。头顶星星依然闪烁，而西南方的点点星光正迅速消失，淹没在漆黑的夜里。"暴风雪来了！"爸爸说，"看来短时间内，没人敢串门啊！如果走快点，我应该能赶回家。"

爸爸进门时，狂风呼啸，没人听到他的脚步声，但大家也几乎没担心，因为他马上就出现在了黑乎乎的厨房里。全家人围坐在温暖的火炉周围，只有劳拉吓得瑟瑟发抖，暴风雪又来了，不知道爸爸在外会怎样。

"买了些小麦，卡罗莱。"爸爸将牛奶桶放在妈妈身边，她伸手往下摸了摸，这一粒粒金黄的小麦啊！

"哇，查尔斯！哇，查尔斯！"她很兴奋，"我就知道你有这能耐，但小麦从哪里来的？小镇不是没有小麦了吗？"

"我也不确定，不然早告诉你了。不抱希望，就不会失望。"爸爸解释道，"我答应了别人，保守秘密。别担心，卡罗莱，那里的小麦还多着呢。"

"过来，凯莉，你和格蕾丝该睡觉了。"妈妈的语气充满新能量。哄睡了两个女儿，妈妈下楼点燃纽扣灯，拿出咖啡磨。老磨咕噜咕噜作响，伴随着劳拉和玛丽上楼，直到淹没在暴风雪的咆哮声中。

24.我 不 饿

"土豆刚好平分，一人一个，真神奇。"爸爸说。

大家细嚼慢咽，连皮带肉吃掉了最后的土豆。暴风雪抽打着、冲刷着房子，狂风在嚎叫，在呼啸。黎明的窗户灰蒙蒙的，火炉努力挤出一点点热量，驱赶恼人的严寒。

"我真的不饿，爸爸，"劳拉说，"您把我这份吃了吧。"

"快吃，劳拉。"爸爸语气柔和但态度坚定。劳拉只好拿起冷盘子里的冷土豆，一口一口地咽下肚子。她掰了一小块面包，塞进嘴里，盘子里还剩下好大片。这个时候，也只有热腾腾、甜蜜蜜的茶水才能提起人的胃口。劳拉感觉恍恍惚惚，昏昏欲睡。

爸爸穿上外套，戴上帽子，前往披屋拧干草。妈妈搓搓脸，振奋精神。"女儿们！你们来洗碗筷、抹炉子、扫地板，我上去铺床单。然后，大家一起学习，我要检查你们的背诵情况噢。如果背得好，晚饭时就给你们一个大惊喜！"

没人在意妈妈的话，只有劳拉撇了撇嘴。

"真的吗，妈妈？太好了。"洗完碗筷，扫完地板，劳拉穿上补丁外套，走进披屋，帮爸爸一起拧干草棒。一切都是模糊的，显得那么不真实，只有暴风雪没完没了在咆哮。

那天下午，劳拉开始背诵《土八该隐》：

土巴该隐力量大，力量真是大，

左手呼来一长笛，右手唤来一大碗。

小提琴手排排站……

"噢，妈妈，我不知道怎么回事，脑子转不动！"她快哭出来了。

"要怪就怪暴风雪，我们都昏昏欲睡。"过了一会儿，妈妈说，"我们不能再听这种声音了。"

所有人的反应都很迟钝。片刻之后，玛丽才问："我们怎样才能听不见这种声音？"

妈妈慢慢合上书本，站起身来，"我有个惊喜给你们。"

妈妈从前厅取出她的珍藏：一截硬邦邦的腌制鳕鱼。"午饭就煮鳕鱼肉汁和面包，好不好？"

"天啊，卡罗莱！有了鳕鱼，何愁不能击退暴风雪？"爸爸兴奋极了。

妈妈将鳕鱼放进烤箱解冻，再从爸爸手里接过咖啡磨。"我和女儿们来磨小麦。查尔斯，我们需要更多干草，你快去暖暖身子，一会儿才能干活。"

劳拉跑去帮爸爸的忙。当他们抱进一大把干草棒时，凯莉正在懒洋洋地磨小麦，妈妈正在撕鳕鱼条。

"闻此香味，精神百倍。"爸爸说，"卡罗莱，你真了不起！"

"换换口味，大家都会更有食欲。"妈妈说，"我们确实要感激小麦面包，查尔斯！"爸爸正盯着牛奶桶里的小麦看，妈妈告诉他："如果暴风雪跟往常一样，持续时间不太长的话，我们还能撑得下去。"

劳拉接过凯莉手中的咖啡磨。看着又瘦又白的凯莉，因为磨小麦而精力疲惫，劳拉于心不忍。即便担心，也远远比不上对暴风雪的厌恶之情。咖啡磨的把柄转过一圈又一圈，小麦粉碾出一点又一点。劳拉隐约觉得自己成了小旋风，驱赶着暴雪，一圈一圈在地上和空中打转，一鞭一鞭地抽打前去马厩的爸爸，一遍一遍地冲刷孤独的房子。狂风裹雪，越飞越远，涡旋在不安分的天空里，翻腾在无穷尽的草原中。

25. 我自由我独立

暴风雪肆虐的日子里，阿曼罗不停地在思考。他不再开玩笑，干活也无精打采，机械地给马儿梳毛洗澡。就连煎薄饼，他都让罗耶干，而自己则坐在凳子上削木头，心事重重。

"你知道我在想什么吗，罗耶？"他最终还是开口了。

"你冥思苦想了好几天的东西，肯定不简单。"罗耶回答。

"我在想，小镇一定有人快饿死了。"阿曼罗说。

"确实，有些人可能在饿肚子。"罗耶给薄饼翻了个身。

"这可不是饿肚子那么简单，"阿曼罗说，"比如英格斯先生，他家有六口人。你注意到他双眼迷离，骨瘦如柴了吗？他说家里没有小麦了。即便我们给了他一配克，或者一夸特小麦，那又能撑多久？你想想吧。"

"他肯定还有一些存货。"罗耶说。

"他们去年夏天来到这里，没有去西部铁路干活，而是承包了一块土地。你知道，第一年土地的收成有多低。况且小镇又没有工作，他肯定没有收入。"

"你到底想说什么？"罗耶问，"要卖掉你的小麦吗？"

"做梦！只要能留住，我怎样都不卖。"阿曼罗说。

"好吧，那怎么办？"罗耶问。

阿曼罗无暇理会他的问题。"挨饿的应该不止英格斯一家。"他喃喃自

语。而后，他缓慢而有条理地掐指计算，火车停运后，小镇还剩多少存货；哪几户家庭在挨饿；暴风雪过后，多长时间才能清完雪堆。

"如果暴风雪三月就停，等到货物送过来前，人们要么就得吃光我的小麦，要么就得活活饿死，我说得对不对？"

"确实不差。"罗耶承认。

"假如像老印第安人预测的那样，坏天气持续到四月，那么火车至少五月才能运送小麦种子过来。如果我把小麦分给了大家，我就会错过播种时机，失去一年的收成。"

"看来是这样。"罗耶点点头。

"还有，即便大家吃光了我的小麦，最多也只能撑过三月。四月初火车不过来，大家照样要挨饿。"

"你还是直接说重点吧。"罗耶说。

"就是说，总要有人去小镇南部收小麦。"

罗耶慢慢摇了摇头。"没人愿意这么做，这是拿生命在冒险。"

阿曼罗瞬间来了精神。他将餐桌拉到跟前，叉起一叠热腾腾的薄饼，倒上蜜糖浆，高兴地说："为什么不去冒险呢？你又不能百分百确定！"

　　"四十英里的路噢！"罗耶说，"这就像到茫茫大草原找一座干草堆，从里面摸出一根针，再赶二十英里的路回来，谁肯干这种事？你自己也清楚，没人知道暴风雪何时降临。自从这鬼天气开始后，最多只有半天是晴朗的。阿曼罗，没人愿意去地狱里滚雪球。"

　　"总有人会干的，我算过了。"阿曼罗有理有据。

　　"是是是，耶耶耶！"罗耶道出了阿曼罗的心声。

　　"确保自己是正确的，再勇往直前！"阿曼罗学父亲说话。

　　"安全起见，以免后悔！"罗耶学母亲反驳。

　　"你毕竟是个商人，罗儿。"阿曼罗说，"农民就要冒险，这是必然。"

　　"阿曼罗，"罗耶的表情突然严肃起来，"如果让你迷失在茫茫草原上，我该怎么向父母交代？"

　　"你就告诉他们，你无话可说，罗儿。"阿曼罗回答说，"作为一个二十一岁的小伙子，我自由而独立。这是个自由的国度，我想干吗就干吗。"

　　"别鲁莽行事，阿曼罗，还是想清楚比较好。"

　　"我想得非常透彻。"阿曼罗说。

　　于是，罗耶沉默了。他们安静地享用晚餐，炉火稳定地传递热量，台灯和锡制反射片散发耀眼的亮光。屋檐下，拐角处，狂风如同瀑布般咆哮，声声尖叫晃动了墙壁，抖动了影子。阿曼罗取下另一片薄饼。

　　突然，罗耶放下餐刀，推开盘子。

　　"有一件事要说清楚，我不能让你一个人鲁莽行事。如果你心意已决，我会跟着你到底。"

　　"听我说！"阿曼罗大喊，"我们不能一起去！万一出点意外，谁来看家？"

26. 短暂的喘息

第二天上午，天空放晴，艳阳高照，寒气依旧。楼下的咖啡磨咕噜噜地响，屋外的阵风呼呼呼地吹。披屋传来窸窸窣窣的声音，那是劳拉和玛丽在拧干草棒。她们非常冷，每拧好两三个干草棒，就要回炉子边暖暖双手。

两姐妹拧草棒的速度太慢，几乎没法把炉火烧旺，哪还有时间洗衣服？于是，妈妈只好将家务活推到明天再干。"可能明天会暖和一些，"她说完也加入了拧干草棒的行列。母女三人轮流干，就能抽出人手帮凯莉磨小麦了。

爸爸傍晚才回到家，终于可以吃片面包，喝杯暖茶啦！

"天啊，外头可真冷。"他说。

爸爸只拉回了一车干草。所有的干草堆都埋在雪堆里，他花了很大力气才把它们挖起来。新雪覆盖了雪橇的痕迹，改变了大泥潭的面貌，大卫不断掉进隐藏的雪洞中。

"您的鼻子冻伤了吗，爸爸？"格蕾丝急忙问。天气这么坏，爸爸的耳朵和鼻子都冻住了，他只好用雪揉搓，才能融化上面的坚冰。爸爸假装告诉格蕾丝，他的鼻子每冻僵一次，就会变长一次。格蕾丝也假装信以为真。这是属于父女二人的玩笑。

"今天冻僵了五六次。"爸爸轻轻摸了摸又红又肿的鼻子。

"如果春天还不来，我的鼻子就跟大象的一样长了，耳朵也跟大象的一

176

样大了。"格蕾丝哈哈大笑。

吃过面包，爸爸拧了许多干草棒，足够烧到睡觉时间。他牵大卫回马厩时，顺手干完了活儿。见天色尚早，爸爸说："我去趟布兰德利的药店，看看他们下棋。"

"去吧，查尔斯，"妈妈说，"你自己怎么不玩呢？"

"单身汉们整个冬天都在下棋和玩扑克，"爸爸回答说，"他们无所事事，所以玩得特别厉害，我哪里是他们的对手。不过站在一边旁观，也是件乐事。"

没过多久，爸爸就回来了。药店太冷，今天没人下棋，但爸爸带回了消息。

"阿曼罗·怀尔德和卡普·加兰德准备去小镇南部买小麦。"

妈妈睁大眼睛，面不改色，仿佛受到了惊吓。"多远来着？"

"具体多远，具体在哪，没人知道。传言说有人去年种了很多小麦。这里没人卖小麦，大家只好去南部看看，是否确有此人。福斯特听别人说，这人正在囤积小麦过冬。两个小伙子打算去南部一探究竟。洛夫特斯凑了一笔钱，让他们能拉多少，就买多少。"

格蕾丝嚷嚷着爬上了爸爸的膝盖，用指尖量量爸爸的鼻子。爸爸心不在焉地抱起她。即便年幼，小格蕾丝也知道，这不是开玩笑的时候。她抬起头，不安地看看爸爸，看看妈妈，然后乖乖地坐回爸爸的膝盖上。

"他们什么时候启程？"妈妈问。

"明天一大早。他们今天为卡普·加兰德制作雪橇。怀尔德两兄弟都想去，但只能去一个。万一困在暴风雪里，还能留下一人看门户。"

全部人沉默了。

"他们会没事的。"爸爸说，"只要天气继续晴朗，他们就能启程，估计要花上两三天的时间，谁也说不准。"

"问题就在这里，"妈妈说，"谁也说不准。"

"如果他们成功找到了小麦，"爸爸说，"我们就能撑到春天。"

夜深了，劳拉感觉房子微微晃动，狂风呼呼怒吼。天空只放晴了一天，明天谁也别想出去找小麦。

27.为面包而奋斗

第三天晚上，夜里的宁静惊醒了阿曼罗。暴风雪停了！阿曼罗伸手取来椅子上的背心，拿出手表和火柴。嚓的一声，小屋亮堂了起来，现在是凌晨三点。

冬天的早晨，又阴又冷，他还是怀念父亲赶他起床的日子。如今，他必须独自跳出温暖的被窝，点起灯笼，生起火堆，打破水桶里的冰块。如果不起床煮饭，他只能挨饿。寒冬夜里的凌晨三点，是他唯一不自由不独立的时刻。

跳出被窝，穿好衣服，阿曼罗不得不承认，自己更喜欢清晨。这时候，空气清新，启明星低挂在东方的夜空之下。气温接近零下十度，阵风徐徐地吹，看来今天日子不错。

当他拉着雪橇，滑下小镇大街时，天已微微亮，启明星消失在一道金黄色的光中。东边的大草原上覆盖了皑皑白雪，相比之下，英格斯家的房子又黑又小。在第二大街尽头，两座马厩和干草垛奇小无比。加兰德家的厨房亮起了一盏灯。卡普坐着雪橇，赶着鹿皮马，呼哧呼哧地迎了上来。

他朝阿曼罗招招手。阿曼罗穿着羊毛袖筒，手臂既沉重又僵硬，尽管如此，他还是努力举起双手，示意卡普·加兰德。他们两人头裹披巾，没有多说话。三天前，暴风雪还未降临，他们已经制订好了行动计划。阿曼罗径直往前，卡普赶着鹿皮马紧随其后，穿过小镇大街。

到了街道尽头，阿曼罗掉头转向东南方，从最狭窄的地方穿越大泥潭。此时，太阳升起，万里无云，地平线尽头全是大大小小的雪堆，粉粉的，蓝蓝的。马儿一呼一吸，在头顶形成一团白雾。

四周安静得很，只能听见马蹄敲击雪地的笃笃声，以及雪橇滑行板的咕噜声。茫茫雪地，起起伏伏，毫无痕迹，连只兔子或鸟儿的脚印都没有。漫漫长路，毫无标识，连点动物生活的痕迹都不见。冰天雪地，路线不明，何去何从。唯有阵风助力，犁开一道道波纹，留下微蓝的阴影。每到一处平滑坚硬的峰顶，大风就刮来了一阵小雪。

白茫茫的原野闪闪发光，平静得不露一点痕迹。雪堆的影子移动缓慢，真是捉弄人。偶尔一阵风夹雪刮过来，模糊了双眼，该如何寻找迷失的路标？阿曼罗努力辨别方向和距离，然而面对这个完全改变的世界，他也很无奈，"看来我们只能碰碰运气了！"

他猜测，目前位于大泥潭的颈部，这是他拉干草的必经之路。如果没错，雪橇下面的雪块应该很硬实，不到五分钟，他就能安全上高地。阿曼罗回头，卡普放慢速度，保持安全距离。可是，没有任何戒备的王子掉进了雪洞。

"吁！"透过围巾，阿曼罗镇定地大喊一声。雪橇前方是长满枯草的洞穴，马儿呼哧呼哧的头正好卡在里面。雪橇没有刹车，继续往下滑，幸好最后及时停了下来。

"吁！'王子'，停下！"阿曼罗紧紧抓住缰绳，"站稳，站稳！""王子"深深陷入雪坑，却依旧不敢乱动。

阿曼罗跳下雪橇，解开滑行板上的链条，松开马车前端的横木。卡普·加兰德绕到他旁边。阿曼罗靠近"王子"的头，一脚陷入雪洞中。他挣扎着从马嚼子下面抓住缰绳。"稳住，'王子'，一定要稳住！"见阿曼罗这么一折腾，"王子"又吓坏了。

他踩踩雪堆，一步一步为"王子"开路。拉紧缰绳，一点一点鼓励他前进。"王子"纵身一跃，跳出雪洞，回到硬邦邦的雪堆上。阿曼罗领着"王子"，走到卡普·加兰德旁边，递过缰绳。

卡普双眼发亮，他笑得合不拢嘴，"你很有本事！"

"这没什么。"阿曼罗说。

"今天这天气真适合出行。"卡普说。

"是的，多么明媚的早晨！"阿曼罗点点头。

阿曼罗从大雪洞后方拉出空荡荡的雪橇。卡普·加兰德倒也是个好人，无忧无虑，为人热情，只可惜脾气不太好。一发起火来，眼睛眯成一条线，目露凶光，任何人都无法忍受。阿曼罗曾经看见，卡普吓退了最强壮的铁路工人。

从雪橇上取下一卷长绳，阿曼罗将一头系在雪橇链子上，一头系在马车前端的横木上。"王子"一拉，雪橇绕过雪洞。此时，他收回长绳，系好"王子"，重新出发。

之后，卡普·加兰德又一次掉进雪洞中。其实，他只比阿曼罗小一个月，两人都是十九岁。只不过阿曼罗承包了一块地，卡普便以为他超过了二十一岁。正因为如此，卡普才更尊敬阿曼罗。阿曼罗心想，这也没什么不好。

阿曼罗带路，一路往东。直到确认走出大泥潭后，他掉头折向南面，朝着孪生湖——亨利湖和汤姆斯湖出发。

无边无际的雪地，微微反射着天空的蓝色之光。点点亮光如同小刀片，遍布四周。戴着帽子，裹着头巾，阿曼罗感觉双眼被戳伤，几乎快睁不开来了。羊毛围巾上结了厚厚一层霜，随着阿曼罗的一呼一吸而一张一合。

阿曼罗双手僵硬，几乎感觉不到缰绳的存在。他不停转换双手，锤击胸部，好让血液流动起来，暖和全身。

每当双脚麻木时，阿曼罗就跳下雪橇，跟在马儿身边跑。心跳加快，源源不断地朝全身输送热量。每当双脚又痛又痒，仿佛火焰在燃烧时，他就跳回雪橇。

"锻炼能热身！"他对卡普喊道。

"让我也试试，这火炉的感觉！"卡普跳下雪橇，跟在旁边跑。

两人一路小跑、骑雪橇、捶胸脯，呼哧呼哧往前奔。马儿也快活地奔腾在雪地之上。"我们还要跑多久？"卡普问道。"直到看见小麦，或者冻死于此！"阿曼罗回答。

"现在可以滑冰了！"卡普兴奋地大喊。

两人继续赶路。初升的太阳泻下万丈光芒，仿佛比寒风更凛冽。万里无云，寒意却更加浓厚了。

"王子"一脚踩空，再次掉进雪洞中。卡普趁机赶了上来，停在一旁。阿曼罗解开"王子"，牵它出洞，拉着雪橇，绕过雪洞，套上缰绳，系回横木。

"前方有没有杨木？"他问卡普。

"不知道，我眼睛看不清。"卡普回答说。阳光太猛烈，两人满眼尽是小黑点。

他们抹掉脸上的冰片，重新裹上围巾。遥远的地平线上，除了闪亮的白雪，除了呼啸的狂风，再无其他。

"我们还算幸运，"阿曼罗说，"只掉进去了两次。"

刚跳上雪橇，准备出发，阿曼罗就听见了卡普的呼喊。回头一看，原来是鹿皮马踩空进洞了。

卡普一步一步牵它出来，拉着雪橇绕过雪洞，系上绳索，再次出发。

"确实，锻炼能暖身子！"他对阿曼罗说。

爬过下一个低丘，他们终于看见了杨木。它赤裸裸地站在雪地上，身形消瘦，孤独寂寞。大雪覆盖了孪生湖和四周的矮树丛。一望无尽的苍白原野里，只能看见老树光秃秃的头。

一看见这棵树，阿曼罗随即扭头向西边，绕过湖边的沼泽区，高地上的雪块更硬实。

这棵杨木是最后的路标，它很快又消失在无痕的雪波里。四周无路无迹，没人知道种小麦的人住在哪里，没人确定他还住在村里。或许他早就去南方避冬了，或许从来就没有这个人的存在。传言说，有这么一个人，在这个地区种了很多小麦，谁知道是真是假？

无穷无尽的白色海洋，极其相似的白色波纹。雪峰顶部白雪吹落，雪丘低谷绵延不绝，不一而同。太阳越爬越高，寒气却越来越重。

只能听见马蹄的笃笃声、雪橇滑行板的咕噜声，再无其他。雪上无痕，唯有劲风与雪橇在一唱一和地吹口哨。

阿曼罗偶尔回头看看卡普，他只是摇了摇头。两人都没看见天空飘过一丝烟雾的痕迹。小太阳看似一动不动地挂在天上，实则越爬越高，散发寒冷的光芒。影子变小，雪波变平，大草原的弧线收敛了许多。白茫茫的原野空荡荡、静幽幽。

"还要走多久？"卡普大喊。

"直到我们找到小麦为止！"阿曼罗大喊。然而，他心里也在琢磨，这里如此空荡、如此荒凉，能找到小麦吗？中午时分，太阳爬到头顶，西北方依然晴空万里。可这个时节，如果能晴上两天，就不太对劲了。

阿曼罗明白，是时候回小镇了。双腿麻木，他跌跌撞撞地跳下雪橇，跟着马儿跑。然而，他实在不想拉着空雪橇，回到饥饿的小镇。

"你觉得我们走了多远？"卡普问。

"大约二十英里。"阿曼罗估摸着，"要不我们回小镇吧？"

"千万别放弃！"卡普打起精神。

他们站在高地，俯瞰四周。飞雪闪烁光芒，晃得眼睛直打转，低处一片朦胧。如若不然，应该能看到二十英里以外的地方。阳光抚平了大大小小的雪堆，大草原一望无际，或许小镇就藏在西北方的某座雪堆背后。此时，天气依然晴朗。

跺跺脚来捶捶胸，两人视线从西向东，看望南面，还是未见一丝烟雾。

"接下来，我们走哪条路？"卡普问。

"哪条路都一样。"阿曼罗说。两人又重新裹上围巾。呼出的热气凝结，给围巾裹上了一层厚厚的冰，硌得皮肤直发疼，要是有块羊毛来敷一下就好了。"你的脚还好吗？"阿曼罗问。

"它们又不会说话，"卡普回答说，"应该没什么大碍，我准备下来跑跑步。"

"我也是。"阿曼罗说，"如果还不暖，我们最好停下来，用雪擦擦。我们就沿着这个雪堆往西边走走，如果还是一无所获，我们再绕回来往南走。"

"没问题。"卡普说。听话的马儿开始了小跑，两人呼哧呼哧地跟在旁边。

没想到高地这么快就到了尽头，顺着雪坡往下看，两人瞧见了一个平整的山谷，仿佛是个大泥潭。阿曼罗拉住"王子"，跳上雪橇，查看四周。山谷绵延向西，只有回头沿着高地走，才能绕过它。突然一股风吹来，大泥潭的那头出现了一缕灰色的烟。"呀！"他拉紧缰绳，大喊，"嘿，卡普！那看起来像不像一股烟？"

卡普顺势看过去，"似乎是从雪堤里面蹿上来的！"

阿曼罗慢慢走下雪坡，不一会儿便大叫："没错，那是烟！那里一定有房子！"

两人并驾齐驱，穿越泥潭。情急之下，鹿皮马又掉进雪洞里。这个雪洞又大又深，雪块坍塌，形成气穴，越陷越深。此时，影子已经悄悄挪到了东边。费了好大劲，他们终于拉起了鹿皮马，回到平地，小心翼翼地继续赶路。

长长的雪堤背后升起一缕细烟，然而雪上无痕。当两人爬过雪堤，到达南面时，他们看见了一个门！门口的雪全被铲走了！两人拉紧雪橇，大声呼喊。

大门徐徐打开，走出一个长头发的男人，他满脸惊讶，胡子长到了颧骨。

"你们好！你们好！"他大声招呼道，"进来！进来！你们从哪里来？到哪里去？准备待多久？快进来！"他太兴奋了，还没等人回答，就连续抛出了好几个问题。

"我们要先照顾一下马儿。"阿曼罗说。

那人穿上外套，走出门外，"跟我来，走这里。你们两人从哪里来？"

"我们从小镇过来。"卡普说。那人领路，走向另一扇雪堤上的门。两人解开马鞍，将马儿领进一个温暖的草皮马厩内。阿曼罗和卡普自报姓名，并得知此人叫安德森。

马厩后面有几根雪杖和一扇粗糙的门，透过缝隙，可见里面金光闪闪的全是小麦！阿曼罗和卡普看看彼此，会心一笑。

两人从门口打来井水，喂马儿喝水，吃燕麦，再把它们拴到干草槽上，与安德森的黑马队为伴。然后，跟随安德森回到雪堤下的小屋。

屋顶由木杆和干草搭建而成，大雪一压便下垂。小屋四扇墙由草皮制成。安德森半掩房门，让光线透进来。

"上次暴风雪过后，我还没来得及铲除窗户上的雪，"他说，"西北方的雪越堆越高，完全把我罩住了。这样也好，房子很暖和，几乎不用烧什么燃料。草皮房子是最温暖的。"

暖洋洋的房子，热腾腾的开水，红通通的炉子，安德森的午饭就放在靠墙的一张桌子上。他邀请两人共用午餐。自从去年十月，他去小镇买过冬用品以来，一个人也没见着。

阿曼罗和卡普坐在他旁边，大快朵颐地吃着水煮豆子、酵母饼干和干苹果酱。热腾腾的食物和咖啡下肚，两人全身暖和。血气一通，双脚烫得发疼，看来没有冻坏。阿曼罗说，他们希望买点小麦回去。

"我不卖，"安德森先生直截了当地说，"我的小麦要留来播种，况且这个时节，你们要小麦做什么？"

他们只好告诉安德森，火车停运，小镇的人们正在饿肚子。

"圣诞节过后，有些妇女和孩子就没吃过一顿饱饭了，"阿曼罗告诉他，"他们必须吃点东西，否则熬不到春天。"

"这也不关我的事，"安德森先生说，"他们没有提前存好粮食来过冬，只能怪自己。"

"没人要你负责。"阿曼罗反驳道，"没人要你白给，我们愿意为一蒲式耳小麦支付 82 美分的高价，还不用你拉进城，帮你节省了一大笔运费。"

"我没有小麦可以出售。"安德森先生说。其实，阿曼罗又何尝不懂他的心思。

卡普露出笑容，冰冷的风冻裂了他那粉嫩的脸蛋。"我们是真诚跟您做交易的，安德森先生。直说了吧，如果没有您的小麦，小镇的人们会活活饿死。反正也会给您钱，有什么好担忧的呢？"

"我也不是想占你们的便宜，"安德森先生说，"我不想卖掉小麦种子，它们关系着我明年的收成。如果要卖，我去年秋天就卖了。"

阿曼罗迅速做了一个决定。"每蒲式耳 1 美元，比市场价高出 18 美分，还不用你运。"

"说什么也不卖，我要留着播种，明年夏天才会有作物。"安德斯先生说。

阿曼罗沉思片刻，"种子不难买，大部分人都要买种子。我们的价钱高出市场价 18 美分，一大笔利润在向你招手啊，安德斯先生。"

"我怎么知道种子是否能在播种前运过来？"安德森面色不改。

卡普反问他："这么说的话，你怎么知道自己一定能有收成？假如你拒绝了这笔钱，留下小麦来播种，遇上冰雹或虫害怎么办？"

"话是这么说。"安德森不得不承认，卡普说的话有几分道理。

"唯一可以确定的是，你把小麦卖给我们，口袋就会硬邦邦的。"阿曼罗说。

安德森先生还是摇了摇头。"不，我不卖。去年夏天，我拼死拼活收割了 40 亩小麦，说什么也要留下来做种子。"

阿曼罗和卡普看看彼此。阿曼罗掏出钱包，扔下一沓钞票，"每蒲式耳1.25 美元。"

安德森先生犹豫片刻，视线还是从金钱上移开了。

"俗话说'一鸟在手胜过双鸟在林'。"卡普说。

尽管内心极度抗拒，安德森先生还是扫视了一眼那沓钱。靠回凳子上，他挠了挠头，"其实，我也可以种种燕麦。"

阿曼罗和卡普紧张得不敢说话。安德森的决心正在一点一点瓦解，如果他还是决定不卖，那就彻底没辙了。最终，他开口了，"如果是这个价钱，我可以卖六十蒲式耳。"

阿曼罗和卡普迅速起身。

"来，我们快快装车！"卡普说，"回家还有很长的路要走。"

安德森先生劝他们留下来过夜，然而阿曼罗同意卡普的想法。"谢谢您，"他匆忙说，"但最近暴风雪频繁，我们只有一天的时间。况且现在过了晌午，我们已经太迟了。"

"小麦还没有装好。"安德森说。阿曼罗不慌不忙，"没事，我们有的是袋子。"

他们匆匆赶往马厩。安德森先生帮他们铲小麦，每袋子能装两蒲式耳。装好小麦，他们拉出雪橇，准备出发。临行前，两人问安德森先生该怎么走出泥潭。即便安德森去年夏天走过这片地，但他整个冬天都没有出去过，加上缺少路标，根本无法指路。

"你们还是留下来过夜吧。"他不停地劝说，但两人还是告别安德森，启程回家。

绕出雪堤，凛冽寒风扑面而来。可还没有穿过平坦的谷地，"王子"就首先掉进雪洞里。他们寸步难行，艰苦跋涉。刚绕出危险之地，鹿皮马脚下踩空，一声长叫，再次滚进雪坑。

马儿的嘶叫声惊天动地，阿曼罗倾尽全力安抚"王子"。卡普跳进雪坑中，牢牢抓住发疯的鹿皮马。它上蹿下跳，越陷越深，雪橇就快掉进去了，部分小麦洒了出来。

"你还好吗？"阿曼罗察觉到，此时的鹿皮马似乎安静了下来。

"好！"卡普回答说。他们解开马儿的绳索，跳进雪块和杂草中，跌跌撞撞，挣扎着为马儿踩实一条路，慢慢爬了出来。寒意侵入骨髓，两人浑身是雪。

他们先将马儿绑在阿曼罗的雪橇上，拉出卡普的雪橇，再拉起125磅重的雪袋子，重新出发。手指僵硬，两人很难扣稳硬邦邦的绳子。阿曼罗小心谨慎，一步一挪，穿越危险的泥潭。

后来，"王子"又一次掉进雪坑，还好鹿皮马没跟进去。有了卡普的帮忙，"王子"很快就跳了出来。高地就在眼前，困难即将过去。

阿曼罗停下脚步，问卡普："我们要原路返回吗？"

"不要！"卡普说，"我们最好直接奔赴小镇，没时间浪费了。"况且雪峰厚实，马蹄和雪橇根本留不下痕迹，唯一的路标是上午的雪坑，大大小小分布在东面。

阿曼罗朝西北方前进，穿过白茫茫的大草原。影子是唯一的指南针。隆起的草原雪堆座座相似，冰雪覆盖的泥潭仅仅大小有别。穿越低谷，既费时费力，又有掉进雪洞的危险。穿越高脊，路途遥远，气喘吁吁的马儿已经不起折腾。两人小心翼翼，唯恐再进雪洞，身心已经极度疲惫。

经过薄薄的雪峰时，他们时不时会掉进去。两人只好重复地解绳子，拉马儿，系绳子。

长途跋涉，寒风凛冽。马儿拉着沉重的小麦，步履艰难，行动迟缓，阿曼罗和卡普没机会跟着跑。他们只好跺跺脚，捶捶胸，暖暖身。

天越来越冷，不论怎么跳，阿曼罗的双腿就是毫无知觉，双手麻木，紧握绳子无法动弹。他只好将绳子绕在肩膀上，腾出双手，捶打胸部，左一步右一步，维持血液流动。

"嘿，怀尔德！"卡普大喊，"我们是不是走得太北了？"

"我怎么知道？"阿曼罗说。

两人继续前进。"扑通"一声，"王子"掉进雪坑。它耷拉着脑袋，等待阿曼罗的解救。回到高地，他们绕过了一个泥潭，又陷进了另一个泥潭。"扑通"一声，可怜的"王子"又摔了进去。

"要不让我来带一下路吧？"卡普说，"让你和'王子'喘口气。"

"也好，我们轮流吧！"阿曼罗一口答应。

自此之后，两匹马轮流打头阵，一匹倒了另一匹接着上。夕阳西下，西北方雾气渐浓。

"翻过下一个坡，我们应该能看见孤独杨木了。"阿曼罗说。

片刻之后，卡普说："没错，差不多到那儿了。"

但是，当他们爬上下一座雪峰时，放眼四周，只看到无穷无尽、空空荡荡的白色雪海，以及西北方浓厚的低空云团。两人挨在一起，赶着马儿继续前进，不由得拉近了两个雪橇的距离。

夕阳西下，映红了寒冷的天空。朝东北方望去，两人终于瞥见了孤独杨木的光头。再看西北方，风暴云团紧紧挨着地平线，清晰可见。

"它要发威了，"阿曼罗说，"我一路上都在观察它。"

"我也是。"卡普说，"我们最好忘记寒冷，忘记长途，专心赶路。"

"说得没错，"阿曼罗点点头，"可我真想休息几分钟啊！"

两人无言，赶着马儿，加速前进。卡普冲在前头，穿过雪堆，越过低谷，一上一下，逆风而行，低头前进。突然，鹿皮马在雪峰上摔了下来。

阿曼罗跟得太紧，也避不过雪坑。他迅速拽起缰绳，却来不及拉住"王子"。雪块坍塌，阿曼罗的雪橇一滑，拖着小麦，一齐掉进雪块和枯草堆里。

黑暗渐渐吞噬光明，两人齐心协力拉起雪橇，挖出小麦。白雪微亮，空气静止，风慢慢停息了。南方和东方的天空，繁星闪烁。北方和南方的天空，乌云密布。黑夜降临，一颗一颗地吞噬了头顶的星星。

"估计我们要倒霉了。"卡普说。

"离小镇不远了。"阿曼罗回答。他轻声安抚"王子"，继续前进。卡普拉着雪橇跟在身后，巨大的影子倒映在微白的雪海里。

前方的天空，乌云密布，星星一颗接着一颗消失了。

阿曼罗和卡普轻声鼓励疲惫的马儿，催促它们继续前进。前方是大泥潭，雪峰和低谷已消失不见，两人眼里只有微微发亮的白雪和柔弱黯淡的星光。

28.四 天 风 暴

这一天，一直在磨小麦粉和拧干草棒的劳拉，心中念念不忘卡普·加兰德和怀尔德弟弟，他们正奔跑在无痕无迹的雪地上，寻找小麦带回小镇。

那天下午，她和玛丽走出后院，呼吸新鲜空气。劳拉惊恐地看着西北方，害怕又看见那道黑暗的光圈，害怕暴风雪再次席卷而来。目前，万里晴空，但她丝毫不相信灿烂的阳光。这一切都显得那么不真实，大雪覆盖的草原看似闪闪发光，实则暗藏危机。想到这里劳拉不禁打了个寒战。

"我们回屋吧，劳拉，"玛丽说，"阳光太寒冷了，天上是不是有乌云？"

"一朵云都没有。"劳拉告诉她，"但我不喜欢这鬼天气，连空气都显得野蛮无比。"

"只不过是空气罢了。"玛丽回答说，"你想说天气很冷，是吧？"

"不是，空气就是很野蛮，要把我们都吞噬掉！"劳拉厉声说道。

她们穿过披屋，回到厨房。

妈妈正在缝补爸爸的袜子，她抬头看了看女儿们。"怎么没有待久点呢，孩子？"她说，"趁暴风雪没来，你们应该多呼吸新鲜空气。"

看见爸爸进屋，妈妈随即收好袜子，从烤箱里取出一炉由酸面团发酵的小麦面包。劳拉将稀薄的鳕鱼肉汁倒进碗内。

"还有肉汁，真棒！"爸爸坐到餐桌前。寒气逼人，拉干草的活儿让他累得够呛。一见到美味的食物，他双眼放光，"说到烤面包，没人比得上妈妈。再配上这鳕鱼肉汁，再好不过了！"在他的称赞之下，这粗糙无比的小麦面包、这咸鱼极少的面粉稀粥都快成为美味佳肴了！

"两个小伙子赶上好天气了，"他说，"我看见有一匹马栽进大泥潭的雪坑里，不过两人毫不费力就把它拉上来了。"

"您觉得他们能安全回来吗，爸爸？"凯莉腼腆地问道。爸爸说："如果天气晴朗，应该问题不大。"

吃完饭，爸爸外出干活。夕阳西下，光线暗淡。爸爸从前厅进来，想必是打探消息去了。他一脸凝重，肯定不是什么好消息。

"它又来了，"爸爸将外套和帽子挂在门后的钉子上，"有一团乌云正在快速飘过来。"

"他们回来了吗？"妈妈问。

"还没有。"爸爸说。

屋里越来越暗，妈妈默默坐在摇摇椅上，一家人都静静地等待夜幕降临，并朝火炉旁挪了挪位置。格蕾丝坐在玛丽的大腿上，安静入睡。就在这时，狂风怒吼，房子晃动。

爸爸深深地吸了口气，"好啊，果然又来了。"

突然，他朝西北方举起握紧的拳头。"你再喊啊！你再叫啊！"他怒吼，"我们都没事！你困不了我们！挣扎一个冬天也没用，我们始终会打败你！迎接春天的到来！"

"查尔斯，查尔斯，"妈妈抚慰他，"只不过是另一场暴风雪罢了，我们已经习惯了。"

爸爸靠回椅子上，冷静片刻，他说道："我太傻了，卡罗莱。不过有时候，狂风似乎就要破门而入，抓走我们。"

"有时候确实如此。"妈妈继续安抚他。

"如果我能拉小提琴就好了，我就不会这么气急败坏。"爸爸喃喃自语，借着炉子的火光，打量着崩裂僵硬的双手。

以前，不管日子再难过，爸爸总会为家人演奏一曲。而如今，没人可以为他演奏。劳拉一直回想着爸爸的话语，他们一家人还安安全全地待在屋子里，没什么可怕的……然而，她想为爸爸做点什么。突然，她想起了一首歌："我们都在这——这是自由者之歌！"

"我们唱歌吧！"她带头哼起小调。

爸爸迅速抬起头。"这主意不错噢，劳拉！但音调起得有点高，降B小调试试。"他说。

劳拉再次起调，爸爸第一个加入，之后其他人一起跟着唱：

> 保罗和塞拉斯进监狱，
> 你要好好爱自己，
> 一人唱歌，一人祈祷，
> 你要好好爱自己。

> 我们都在这，我们都在这，
> 你要好好爱自己，
> 我们都在这，我们都在这，
> 你要好好爱自己。

> 如果金钱能买来宗教，
> 你要好好爱自己，
> 富人存活，穷人逝去，
> 你要好好爱自己。

劳拉和凯莉站起身来，格蕾丝揉揉睡眼，使劲浑身力气跟着唱，

> 我们都在这，我们都在这！
>
> 你要好好爱自己。
>
> 我们都在这，我们都在这！
>
> 你要好好爱自己。

"唱得真好！"爸爸说完，起了一个低调，

> 乘着老船，顺流而下，
>
> 用力过猛，搁浅沙地。

木筏划地，咕咕作响，
前后卡住，进退两难。

"我们一起唱起来！"全家人齐声高歌：

绝不放弃，
绝不放弃，
绝不放弃，亲爱的布朗先生！
绝不放弃！

歌声停止，风暴似乎肆虐得更厉害了。真像一头野兽，摇晃着房子，嘶叫着、怒吼着、哀号着、轰鸣着，一鞭一鞭地抽打发抖的围墙。

片刻之后，爸爸开始唱起颂歌，与全家人的感恩之情交相辉映。

伟大的主啊！
在上帝之城，
在神圣之山，
我们满怀感激！

妈妈接着唱：

对着天空之城，
我们庄严宣誓，
从此擦干眼泪，
未来无畏无惧。

任凭屋外狂风暴雪肆虐，屋内一家人围坐在火炉旁，放声高歌，既安全又温暖。

睡觉时间已过，炉子的火越来越小。为了不浪费干草，全家人离开阴冷的厨房，爬上黑暗寒冷的楼梯，钻进被窝。

劳拉和玛丽在被子底下默默祈祷，玛丽小声地说："劳拉。"

"怎么了？"劳拉小声应和。

"你有没有为他们祈祷？"

"当然有！"劳拉说，"我们应该这么做吗？"

"我们又没有为自己的生计祈祷。"玛丽回答说，"我只字不提小麦。我祈祷，如果是上帝的旨意，希望他们都能安全到家。"

"肯定能，"劳拉说，"他们都是努力的小伙子。还记得我们住在梅溪时，爸爸曾经在暴风雪中度过圣诞节，整整三天三夜。"

暴风雪几天几夜不肯离开，没人听到卡普·加兰德和阿曼罗·怀尔德的消息。如果他们有幸找到庇护所，应该能平安地存活下来。如果没有，那谁也救不了他们。多说无益。

狂风抽打房子，没完没了；暴雪撕破喉咙，鬼哭狼嚎。想想都恐怖，只能等待它的结束。一家人磨小麦粉、拧干草棒、生炉子火。他们相拥在一起，暖暖崩裂麻木的双手，暖暖发痒发烫又长满冻疮的双脚。他们咀嚼着粗糙的小麦面包，满心祈祷暴风雪赶快过去。

三天三夜过去了，暴风雪依然刮得厉害。

第四天早上，爸爸从马厩进屋，"暴风雪还没停，这是最严重的一次。"

过了一会儿，全部人围坐在餐桌旁吃面包。妈妈打起精神说："希望小镇全部人都平平安安。"

然而，这一切无从得知。劳拉想着其他房子，它们就在大街对面，却怎么也看不见。不知为何，她突然想起了博斯特夫人，上次见她是去年夏天的事情了。博斯特先生也很久没见了，距离他上次送黄油过来，已经过去了很久很久。

"我们倒不如也住在地里吧。"劳拉说。妈妈好奇地看着她，没有多问。所有人都在等待暴风雪的过去。

那天早上，妈妈小心翼翼地倒光了最后一点小麦，咖啡磨再次咕噜咕噜作响。

小麦粉只够做一条小面包。妈妈先用调羹，后用手指，刮下了碗里的最后一点面糊，沾到烤盘中。

"这是最后的面包了，查尔斯。"她说。

"我能再买点回来。"爸爸说，"阿曼罗·怀尔德囤积了许多小麦，如果有必要，我会冒着暴风雪过去买。"

烤完面包，墙壁停止了晃动。刺耳的尖叫声渐渐消失，唯有疾风在屋檐下方吹口哨。爸爸赶紧起身，"暴风雪结束了！"

他穿上外套，戴上帽子，围上头巾，告诉妈妈自己要去富勒小店。劳拉和凯莉刮开窗户的一角霜花，外头的直风裹着雪花，纷纷扬扬，漫天飞舞。

妈妈放松地坐在椅子上，不禁感慨："安静的世界真好！"

雪停了。凯莉兴奋地叫上劳拉，两姐妹抬头看着晴朗的蓝天。雪花低飞，映照在温暖的夕阳余晖里。西北方晴空万里，暴风雪果然结束了！

"真希望卡普·加兰德和怀尔德先生能平平安安！"凯莉说。劳拉也这么想，但她明白说再多也没用，是生是死已有定数。

29.最后一里

阿曼罗心想，可能他们已经穿过了大泥潭之颈，这儿到底是什么地方呢？"王子"拉着雪橇，装满小麦，行动缓慢。遥远的那头，黑暗仿佛一片浓雾，吞噬了这片平整雪白的世界。星星眨巴眨巴小眼睛，一颗颗迅速消失在黑暗光圈里。那是黑暗风暴的杰作，它无声无息地爬上了天空，一声不响地吞噬了星光。

他对卡普大喊："我们穿过大泥潭了吗？"

他完全忘记风停了，没必要再大声喊话了。卡普说："不知道，你认为呢？"

"应该还没有。"阿曼罗说。

"它来势汹汹。"卡普打量着眼前的黑暗风暴。

阿曼罗鼓励"王子"，继续前进。他拼命跺脚，却毫无感觉，膝盖以下部位已成木头。他绷紧每寸肌肤，严阵以待，下颚和中部隐隐作痛。只能靠拍打双手来减轻麻木感。

"王子"举步维艰。尽管脚下雪地平滑，这实际上是个雪坡。尽管没遇见上午经过大泥潭时，"王子"掉进去的雪洞，他们隐约感觉已经穿过了大泥潭。

然而，一切都显得那么陌生。黑暗混杂着微微星光，笼罩在皑皑雪地上。

再往前，乌云密布，已经看不见导航的星星了。

"看来我们是通过大泥潭了！"阿曼罗说，卡普骑着雪橇跟在身后，过了一会儿，他回答说："确实不错。"

但是，"王子"越走越犹豫，它浑身发抖，不是因为又累又冷，而是害怕踩空进洞。

"没错！我们通过了！"阿曼罗大喊，他现在能确定了，"我们已经到了高地！"

"小镇在哪里？"卡普问。

"不远了。"阿曼罗回答说。

"我们必须快速前进。"卡普兴奋地说道。

阿曼罗心里清楚，他拍了拍"王子"的侧臀。"走，'王子'！跑起来！"但"王子"只跑了一步，又放慢了步伐。它筋疲力尽，实在不愿冲向暴风雪。况且风暴越来越近，几乎半片天空都笼罩在黑暗之中，狂躁不安，一触即发。

"跑起来，否则我们就逃不掉了！"卡普说。阿曼罗心不甘情不愿，却不得不跳上雪橇，取下肩膀上的缰绳，拿起打结的一头，抽打"王子"。

"跑起来，'王子'！跑跑跑！"受到惊吓的"王子"惊恐不安，阿曼罗可是从来没有打过自己啊。顾不得项圈的束缚，"王子"猛地拉着雪橇往前冲，只在下坡时放缓速度。卡普也鞭打鹿皮马。但两人都不清楚小镇究竟在哪。

阿曼罗全力冲刺，小镇一定藏在黑暗迷雾之中。

"看到什么东西了吗？"阿曼罗大喊。

"没有，估计我们是被困住了。"卡普回答说。

"小镇就在附近。"阿曼罗告诉卡普。

此时，他的眼角捕捉到一丝光亮，然而黑暗的暴风雪飞快将它吞噬。灯光忽隐忽现，阿曼罗明白了，前面有扇门在一开一合！还有一扇结满霜花的窗户！他大喊：

"看见灯光没？快点！"

朝西边跑得太远了，他们扭头跑向北方。如今，阿曼罗清楚了前面的路，连"王子"也振奋精神往前冲，后面跟着小步碎跑的鹿皮马。阿曼罗再次看见街道对面的灯光，透过模糊的窗户，越来越清晰。这是洛夫特斯商店！

两人刚抵达小店门口，狂风裹着大雪随即迎面扑来。

"卸下小麦，回家去吧！"阿曼罗说，"小麦交给我。"

卡普解开缰绳，纵身跃上鹿皮马。

"你能行吗？"暴风雪几乎要吞没了阿曼罗的声音。

"问我？不行也得行！"卡普大喊一声，拍拍鹿皮马侧臀，穿街过巷，奔向马厩。

阿曼罗迈着沉重的脚步，走进温暖的小店。洛夫特斯先生从炉子边站了起来，这里只有他一人。洛夫特斯先生说："回来就好啊，我们还担心你们出事了。"

"卡普和我心意已决，一定能把小麦拖回来！"阿曼罗说。

"你们找到种小麦的人了吗？"洛夫特斯先生问。

"没错，我们带了六十蒲式耳小麦回来，你能帮忙把它们抬进来吗？"阿曼罗问。

两人用力拖进小麦，堆放在墙边。此时，风暴肆虐得厉害。抬完最后一袋小麦，阿曼罗将安德森先生签字的收据，以及零钱一齐交给洛夫特斯先生。

"你给了我八十美元，刚好剩下五美元了。"

"每蒲式耳 1.25 美元，这是你能谈到的最低价格吗？"洛夫特斯先生看着收据。

"不论什么时候，只要你说一句，我都愿意以此价格买下全部小麦。"阿曼罗说。

"我不会再讨价还价。"店主急忙回答，"我还差你多少运费？"

"一分钱也不要。"阿曼罗说完便离开了。

"嘿，你不留下来暖暖身子吗？"洛夫特斯先生叫住了他。

"让我的马儿在风暴中受冻？不了！"阿曼罗砰的一声关上门。

他拉紧缰绳，牵着"王子"，沿着拴马柱，顺着店铺门廊，走过笔直的大街，经过粮仓长长的围墙，回到马厩。阿曼罗卸下马鞍，引"王子"进入安静的马厩休息。"公主"一声嘶喊，表示欢迎。他脱下一只手套，将右手放在温暖的腋窝，待手指能动弹后，点起灯笼。

他牵着"王子"回到畜栏，喂水喂食，梳发安抚，再摊上一大片干净柔软的干草。

"你拯救了小麦种子，好家伙。"他轻轻地拍了拍"王子"。

手提水桶，他艰难地穿过风暴，在后厅门外装满一桶雪，跌跌撞撞进屋。此时，罗耶正从空荡荡的饲料仓正门走出来。

"嘿，你回来了，"罗耶说，"我刚才去街上找你呢。可惜这狂风暴雪，能见度不足一英尺。听听它的嚎叫！你真幸运，没有被困。"

"我们带了六十蒲式耳的小麦回来。"阿曼罗告诉哥哥。

"还别说！你可真了不起，我原以为这是徒劳无功之事。"罗耶往火里加碳，"你花了多少钱？"

"1.25 美元。"阿曼罗脱下靴子。

"哇！"罗耶叹了口气，"这是最低价吗？"

"是啊。"阿曼罗没有多说，一层一层地脱下袜子。

罗耶看看阿曼罗，看看那桶雪，"拿雪来干吗？"

"你想呢？"阿曼罗哼的一声，"当然是搓脚啦。"

他的双脚毫无血色。坐在房间最冷的角落里，罗耶轻轻用雪擦拭他的双脚，直到阿曼罗感觉到疼痛，胃部很不舒服。尽管筋疲力尽，因为双脚疼得

厉害，阿曼罗那晚没有睡着。他很庆幸，因为疼痛就意味着双脚没有冻坏。

　　整整三天三夜，阿曼罗双脚红肿刺痛。干活时，他不得不借用罗耶的靴子。第四天下午，暴风雪一停，他已经能穿上自己的靴子，到街上走走了。

　　空气清新，出来透透气，晒晒阳光，静静耳朵，可真是乐事一件。尽管风暴已去，残风依然使人力气全无。阿曼罗还没有走完一条大街，便冷得钻进了富勒五金店。

　　这地方人挨挨挤挤。几乎小镇里的每个男人都聚集在此。他们愤愤不平，越说越激动。

"你们好，发生什么事了？"阿曼罗问。

霍桑先生扭头看看他。"你有没有管洛夫特斯先生要运费？卡普说他没有。"

卡普笑脸盈盈，"嘿，怀尔德！你为那个吝啬鬼卖命，为什么不要运费？我太笨了，告诉他我们俩只是取乐罢了。真该管他要上一大笔运费，让他倾家荡产。"

"这又唱的是哪一出？"阿曼罗语气坚定，"不，我不会管他要一毛钱。谁说我们是为了挣钱才去拉小麦？"

格拉德·富勒告诉他："每蒲式耳小麦，洛夫特斯卖三美元。"

众人情绪激动，坐在炉子旁边的英格斯先生起身。他又高又瘦，形容枯槁，颊骨凸显，蓝眼放光。

"说再多也没用，"他说，"我们一起去找洛夫特斯理论。"

"这才对嘛！"另一个人附和，"兄弟们，我们走！不用跟他客气！"

"跟他理论，"英格斯先生反对暴力行事，"我们要以理服人。"

"也许你要，我才不管，"另一人大喊，"这可是吃的东西，老天啊！我不能再两手空空去见家人！你们呢？"

"不！不！"几人随声附和。随后，卡普发声了。

"怀尔德和我有话说。我们带回来的是小麦，而不是麻烦！"

"确实如此，"格拉德·富勒说，"兄弟们，我们也不想惹是生非。"

"大发雷霆丝毫没用……"阿曼罗刚想说点什么，被一个人打断了。

"说得轻松，你和富勒都食物满满。我才不要空手……"

"你家里还有多少粮食，英格斯先生？"卡普打断了他。

"一滴不剩。"英格斯先生回答说，"我们昨天磨完了最后一点小麦，今天早上吃完了最后一点食物。"

"所以说！"阿曼罗说，"英格斯先生最有说话权，咱们听他的。"

"好吧，我来带头，"英格斯先生同意，"你们跟我来，我们倒要看看洛夫特斯有什么好说的。"

众人排成一列纵队，跟随英格斯先生爬过雪堆，挤进洛夫特斯小店。见到众人蜂拥而至，店主马上钻到柜台后面，小麦早已藏得严严实实的。洛夫特斯把它们拖到了后房。

英格斯先生说，他的小麦卖得太贵了。

"这是我的事情，"洛夫特斯说，"我的小麦，想怎么卖就怎么卖。我可是花大价钱买回来的。"

"每蒲式耳 1.25 美元，我们清楚。"英格斯先生说。

"这是我的生意，与你何干？"洛夫特斯说。

"你再说不关我们的事情试试啊！"一个愤怒的男人大喊。

"你们要敢碰我家小麦，我就告你们！"洛夫特斯说完，一些人呼哧大笑。他一拳头敲到柜台上，"我的小麦，我想卖多少钱就卖多少钱，这是我的权利。"

"没错，洛夫特斯，你确实有这个权利。"英格斯先生说，"这是个自由的国度，每个人都有权处置自己的资产。"他对众人说："兄弟们，你们也清楚这一点。"然后，他继续扭头看着洛夫特斯，"但你不要忘了，我们每个人是自由而独立的，洛夫特斯。冬天总会过去，你还想不想继续做生意？"

"你在威胁我？"洛夫特斯先生说。

"没这个必要，"英格斯先生说，"事实如此。你有自由行事的权利，我们也有自由选择的权利。买卖自由，你确实可以卖高价。但不要忘了，你的生意靠我们的光顾。你现在不觉得，等夏天来了，你就会后悔。"

"没错，洛夫特斯，"格拉德·富勒说，"在这个自由的国度，你待人不公，生意就干不下去。"

那个火气冲天的男人说："少跟他废话，小麦在哪里？"

"别傻了，洛夫特斯。"霍桑先生说。

"你几天没卖出小麦了？"英格斯先生说，"何况俩小伙子还没管你要一分钱运费。少挣点钱，不到一个小时你就能回本。"

"怎么挣钱？"洛夫特斯先生问，"我低价买进，高价卖出，就能挣钱。"

"我可不这么想，"格拉德·富勒说，"公平对待每位顾客，生意才能红火。"

"如果路途艰辛，怀尔德和加兰德要了高额运费，我们也不会有所异议。"英格斯先生告诉洛夫特斯。

"为什么不呢？"洛夫特斯先生问俩小伙子，"我已经准备好给你们支付一大笔运费了。"

卡普露出那副吓退铁路工人的表情。"你的脏钱，我们一分不要。怀尔德和我冒险出发，不是为了趁火打劫。"

阿曼罗的火气也上来了。"你再想想，你那几个破钱哪够支付我们？我们不是为了你才去找小麦，你也付不起我们的运费！"

洛夫特斯先生看看卡普，看看阿曼罗，再看看周围人们一脸鄙视的表情，欲言又止，垂头丧气。"这样吧，我也不挣钱了，每蒲式耳卖 1.25 美元。"

"做生意挣钱无可厚非，洛夫特斯。"英格斯先生说，然而店主却摇摇头。

"不，我就按成本价卖！"

这让众人始料未及，一时间大家乱了方寸，不知如何分配粮食。英格斯先生建议："我们碰碰头，算算账，每家还需要多少粮食才能撑到春天。"

小麦足够多，每家每户能吃上八至十个星期。家中有土豆、饼干、蜜糖浆的人，就少要点小麦。阿曼罗一粒不买，卡普买了半蒲式耳。而英格斯先生买了两蒲式耳，足足有一大袋。

阿曼罗注意到，英格斯先生没像正常男人一样，一把扛起小麦。"扛这么重的东西可真不容易啊！"阿曼罗帮他挪了挪小麦袋子的位置。他原本想帮个忙，给英格斯先生抬回家去。后来又一想，堂堂男人，他怎样也不肯承认自己扛不起 125 磅的小麦。

"咱们去下盘棋吧，赌上一支雪茄，我肯定能赢你。"阿曼罗说完，跟着卡普沿着大街走向药店。乱雪纷飞，此时英格斯先生已回到家门口。

劳拉听见前门一开一合的声音。她们坐在黑暗的厨房里，听着爸爸迈着沉重的脚步，穿过前厅，仿佛如梦初醒。他推开厨房门，砰的一声放下一大袋晃悠悠的小麦，随后关上大门。

"俩小伙子回来了！"他上气不接下气，"这小麦是他们带回的，卡罗莱！"

30. 我们不会被打倒

冬天漫漫长，何时是个头，仿佛所有人都没有从冬梦中真正醒过来。

早晨，劳拉跳出温暖的被窝，跑到炉子旁更衣。爸爸早就生好一堆火，到马厩干活去了。他们吃着粗糙的小麦面包。妈妈、劳拉和玛丽轮流磨小麦粉、拧干草棒。寒气逼人，可不能让炉火熄灭。再吃上一顿小麦面包，劳拉爬上寒冷的床铺，拼命打寒战，直到身子暖和一点起来，才慢慢进入梦乡。

第二天上午，劳拉继续跳下床，跑到厨房炉火边更衣。一顿一顿地吃小麦面包，一次一次地磨面粉、拧干草棒。劳拉感觉一直没有醒过来，严寒和风暴抽打着她弱小的身躯，真让人迟钝麻木，可就是没法清醒过来。

已经没有课程可以学习了，每天生活在严寒风暴中，干着重复的家务活儿，吃着不变的小麦面包，听着狂风的嘶叫呐喊，全家人昏昏欲睡。暴风雪就匍匐在围墙之外，大肆敲打摇晃着房子，发了疯似的鬼哭狼嚎。

日复一日，冬天似乎没完没了。

早晨，再也听不见爸爸的烦恼歌了。

天一晴，他就会去地里拉干草。有时候，暴风雪只逗留两天，之后有三四天的好天气。"我们快撑到头了，"爸爸说，"三月份快过去了，冬天也就快到头了！我们一定能撑过去。"

"还好有小麦，"妈妈说，"我心怀感激。"

208

三月一结束，四月份就来了。暴风雪依然在肆虐，威力不减，只是频率下降了一点。严寒依旧，生活依旧。劳拉似乎忘记了夏天的模样。四月过去了，真不敢相信夏天还会到来。

"干草够用吗，查尔斯？"妈妈问。

"够用，幸亏有劳拉。"爸爸说，"丫头，如果没有你帮我囤干草，我们的干草怎么也撑不到现在。"

那些热气腾腾晒干草的日子，已经遥遥远去。爸爸对劳拉的称赞，似乎也成了很久很久以前的事情。眼下只有无穷无尽的暴风雪、咕噜作响的咖啡磨、挥之不去的严寒、从早到晚的黑暗才是真实的。劳拉和爸爸把僵硬、水肿、通红的双手放在炉子上方取暖。妈妈正在切小麦面包，作为晚饭。听着屋外狂野的风暴，爸爸不禁说：

"我们不会被打败！"

"真的吗，爸爸？"劳拉傻傻地问道。

"不会！"爸爸语气坚定，"暴风雪总会过去，我们总会存活。狂风打不倒我们，因为我们永不言弃。"

劳拉心头一暖，仿佛在黑暗中亮起了一盏顽强的小灯，亮度低但风吹不灭。

吃过小麦面包，全家人摸黑上楼，爬进被窝。劳拉和玛丽蜷缩在寒冷的被子里，瑟瑟发抖，默默祈祷。待身体暖和点了，她们才睡着。

那天夜里，劳拉耳朵里依然充斥着风声，然而这风少了狂躁，不再尖叫。紧随而来的是一股小小的流音，让人捉摸不透。

劳拉竖起耳朵，仔细聆听。奇怪，严寒不咬人，夜晚更暖了。她伸出双手，周围凉凉的。原来那小小的流音是屋檐在滴水。劳拉突然醒了过来。

她迅速从床上跳起来，大喊一声："爸爸！爸爸！钦诺克风来了！"

"我也听到了，劳拉，"爸爸从隔壁房间回答说，"春天来了！快去睡觉！"

钦诺克风吹啊吹，将暴风雪赶回遥远的北方，春天可算到来了！劳拉满心欢喜地伸展四肢。她将双手放在被子上，竟然不觉寒冷。听着清风拂拭大地，听着屋檐下方滴水，想着隔壁兴奋不已的爸爸，劳拉心怀感激。春天之风——钦诺克风吹啊吹，寒冬从此一去不复返。

第二天上午，大雪几乎全消失了。窗户的霜花开始融化，户外空气既温暖又舒服。

干完活的爸爸吹着口哨走进屋。

"女儿们，"他开心地说，"我们最终打败了冬天，迎来了春天！没人失踪，没人饿死，没人冻死！哈哈，倒是有人差点被冻僵噢。"他感觉着鼻尖的柔软。"爸爸鼻子变长了，"他匆忙告诉格蕾丝，双眼发亮看着镜子，"爸爸的鼻子又长又红。"

"别再担心样貌了，查尔斯，"妈妈告诉他，"俗话说'美貌不过一张皮'。快过来吃早饭吧！"

妈妈露出了美丽的笑容，爸爸经过餐桌时，撩了下妈妈的下巴，逗得她哈哈大笑。格蕾丝蹦蹦跳跳爬上椅子，开怀大笑。

玛丽将椅子从炉子旁边拉开。"火太暖了。"她说。

居然有人嫌弃火炉太暖了，春天多美妙啊！

凯莉迟迟不肯离开窗户。"我想看看流淌的雪水。"

劳拉满心欢喜，激动得说不出话来。难以相信冬天已经远去，春天已经到来。爸爸问她，为什么这么安静。劳拉说："要说的话昨晚已经说了。"

"确实噢！你把我们从美梦中吵醒，告诉我们风在吹啊吹！"爸爸取笑她，"仿佛过去几个月没刮过风似的！"

"我说的是钦诺克风，"劳拉提醒他，"这完全是两码事噢。"

31. 火 车 来 了

"我们必须等火车来了，再搬回棚屋。"爸爸说。

尽管爸爸已经拿钉子和木板将小屋的焦油纸钉得牢牢的，冬天的暴风雪一鞭鞭地抽打过来，还是将其撕得稀巴烂。围墙和屋顶尽是缝隙，春雨哗啦啦地打进来。爸爸要重新钉上钉子，架上木板条，封上焦油纸，棚屋才能住人。可惜木场已没有焦油纸，爸爸只好等火车过来，再动手修复棚屋。

一望无际的大草原上，白雪已融化，青草刚抬头。所有泥潭积满了融化的冰水。大泥潭与塞维尔湖融为一体，爸爸必须绕一段远路，才能回到北方的家。

有一天，博斯特先生走到小镇。他说，大部分道路积水，没办法开马车过来，只能沿着铁轨，穿过泥潭，进入小镇。

他还说，博斯特夫人很好，因为到处都是积满水的泥潭，她不方便跟着过来。更何况，他之前根本不知道，沿着铁轨是否能进入小镇。博斯特先生答应大家，下次一定带夫人过来。

一天下午，玛丽·鲍尔过来了。她和劳拉带着玛丽走到小镇西边的草原玩。实在太久没见面了，两人又像陌生人一样打起招呼，重新认识对方。

柔软碧绿的草原上，大大小小的泥潭交织成一张支离破碎的水网，倒映着温暖的蓝天。野鹅野鸭吵吵闹闹从头顶飞过，叫声越来越弱。塞维尔湖不是它们的家，北方才有它们的暖窝。它们行色匆匆,这趟旅行可推迟好久了呢。

温柔的春雨淅淅沥沥下了一整天，灰蒙蒙的天空不再充满恶意。雨水涌进泥潭，水域扩大。阳光雨水轮流滋润着这片土地。饲料仓大门紧锁，空空如也。怀尔德兄弟拉着小麦种子，绕过小镇北部的泥潭，回到地里去了。爸爸说，他们正在地里播种。

依然不见火车的踪影。日复一日，劳拉、玛丽和凯莉轮流磨小麦粉。一家人早晚咀嚼着粗糙无味的小麦面包。家里的小麦所剩无几了，火车还是没有出现。

有些地方的草皮遭到了破坏，狂风裹着泥土，吹向铁轨，与雪混合，结结实实地堆成一座泥土雪山，无法融化。扫雪机难以逾越，人们只好抡起锄头铲子，一寸一寸地挖。工程进展缓慢，因为有些地方雪堆太厚，必须深挖20英尺，才能看见铁轨。

四月份过得真慢。除了阿曼罗和卡普二月底带回的60蒲式耳小麦，小镇再无其他粮食。妈妈做的面包一天比一天少，依旧不见火车过来。

"能再拉些粮食过来吗，查尔斯？"妈妈问。

"我们讨论过了，卡罗莱，实在是无计可施。"爸爸回答说。他抡着锄头干了一天的活儿，筋疲力尽。小镇男人往西边清理雪堆，必须让工作火车开往休伦，腾出铁轨，载货火车才能开过来。

"没办法去东区运货，"爸爸说，"道路积水，四周泥潭皆成湖。就连走在高地上，货车都可能陷进泥地里。万不得已时，也可以派人沿着铁路走去布鲁金斯。可来回一百英里路，一人带不了太多东西，路上再吃点，就所剩无几了。"

"我想过挖点野菜吃，"妈妈说，"但地里的野菜都太小太嫩了，还不能挖。"

"我们能吃青草吗？"凯莉问。

"肯定不行啊。"爸爸哈哈大笑，"你不用吃草，特雷西的铁路工人已经挖通一半铁路了，不到一个星期，火车就能过来。"

"小麦能撑到那时。"妈妈说，"但我希望你不要太辛苦，查尔斯。"

爸爸双手发抖，一天抡锄头铲雪泥，他实在是累到不行，迫切需要好好睡一觉。"清空雪堆是关键。"他说。

四月的最后一天，工作火车终于开到了休伦。听到火车的汽笛声，看见天空浓烟滚滚，整个小镇都苏醒了。火车放气，铃声响起，停在车站边上。但很快，清脆的汽笛声响彻天空，火车咔嚓咔嚓又出发了。这只不过是辆过路火车，载货火车明天才能过来。

第二天上午，劳拉一醒来就心潮澎湃，"今天火车来了！"阳光灿烂，她睡过头了，妈妈也没有吵醒她。劳拉跳下床，匆忙更衣。

"等等我，劳拉！"玛丽说道，"不要急，我找不到袜子了。"

劳拉四处帮她找袜子。"在这里。真不好意思，我下床的时候把它们踹开了。快快！格蕾丝！"

"火车什么时候到？"凯莉紧张得喘不过气来。

"随时，没人知道。"劳拉说完，唱着歌儿下楼来：

> 如果你醒了，早点叫醒我，
>
> 早点叫醒我，亲爱的妈妈。

坐在餐桌旁的爸爸抬头，笑着看看劳拉。"好啊！你都快成为五月女王了，对吧？早饭都迟到！"

"妈妈没有喊我起床。"劳拉竟然找起借口来。

"煮点小早餐，我不用你们的帮忙。"妈妈说，"我用最后的小麦粉做了饼干，一人一小块。"

"我不想吃，"劳拉说，"你们吃掉我那份吧。火车到来前，我是不会饿的。"

"你的那份自己吃,"爸爸说,"然后,我们一起等待火车送来更多美食。"

吃着饼干,一家人度过了愉快的早餐时光。妈妈说,爸爸应该吃最大块的。爸爸说,妈妈应该吃第二大块的。接着是玛丽、劳拉和凯莉分享两块同样大小的饼干。最小的那块给格蕾丝。

"我以为全部饼干都一样大小。"妈妈说。

"你说说,苏加兰德女人是不是持家一把手?"爸爸故意逗逗妈妈,"火车到来前,小麦刚好吃光。你还按照我们的个头,制作了六块大小各异的饼干。"

"确实神奇,小麦刚好吃完。"妈妈也承认。

"你真棒,卡罗莱。"爸爸对她笑了笑,起身戴帽子,"感觉真棒!"他大喊:"我们打败了严冬!雪堆铲除,火车到来!"

妈妈开门,湿润的泥土气息迎面扑来。房子焕然一新,沐浴在春光之下。小镇人们快活地朝仓库走去。草原上响起了清脆悠长的汽笛声,火车咔嚓咔嚓奔腾而来。劳拉和凯莉飞快奔向厨房窗户,后面跟着妈妈和格蕾丝。

天空飘过滚滚黑烟。火车呼哧呼哧地拖着运货车厢,驶向车站。那里早已站满了一小群人。火车每次放气,白色蒸汽就飘上天空,响起清脆的汽笛声。司闸员站在车顶,从头到尾地跳过车厢,拉起手刹。

火车停了,它来了,它真的来了!

"噢,真希望车上载了霍桑和维尔马斯去年秋天订的货。"妈妈说。

一会儿,火车引擎重新启动,司闸员在车顶跑动,放下手刹。清脆的汽笛声响起,火车前后晃动,咔嚓咔嚓奔向西区。滚滚浓烟在空中划下一道弧线,绵绵笛音回荡在人们心头。旁轨上放了三个车厢。

妈妈深深吸了口气,"食物充足的感觉真好!我又能煮很多好吃的饭菜了。"

"真希望小麦面包通通消失不见。"劳拉大喊。

"爸爸什么时候回来？我要爸爸早点回来！"格蕾丝吵着说，"我要爸爸现在回来！"

"格蕾丝！"妈妈语气轻柔，但态度坚定。玛丽抱起格蕾丝，妈妈说："来吧，女儿们！我们要晒一晒被褥。"

差不多过了一个小时，爸爸还没回来。大家都等得不耐烦了，妈妈最终也按捺不住，好奇爸爸究竟为何耽搁到现在。终于看到了爸爸的身影，他拎着一个大袋和两个小袋，走进厨房。

"我们都忘了，这辆火车整整一个冬天都淹没在雪地里。"他说。"它是过来了，不过你们猜猜，它给德斯梅特小镇带来了什么？"他自问自答，"一车电线杆、一车农机具、一车移民物资。"

"没有粮食吗？"妈妈几乎要哀号了。

"没有，什么都没有。"爸爸说。

"那这是什么？"妈妈碰了碰大袋子。

"这是土豆，小的那袋是面粉，最小的那袋是咸猪肉。伍德沃斯撬开移民物资车，搜刮了所有能吃的东西，分给了我们。"爸爸说。

"查尔斯！他不该这么做！"妈妈有点沮丧。

"我才不管他该不该这么做！"爸爸竟然野蛮起来，"火车一路驰骋，总有损失。小镇没口粮的家庭不止我们！我们让伍德沃斯打开车厢，否则我们自己开。他努力安抚我们，说明天还有火车过来，但我们已经不想再等待。现在，如果你愿意煮煮土豆，煎煎猪肉，我们很快就有饭吃了，卡罗莱。"

妈妈开始解开袋子，"放些干草到炉子里，凯莉，让烤箱热起来。我再做点白面饼干。"

32.圣诞大礼包

今天，第二趟火车开进小镇。随着火车鸣笛声的遥遥远去，爸爸和博斯特先生抬着一个大桶走下大街。他们将木桶倒着放，推进前厅。

"圣诞大礼包来啦！"爸爸大喊。

他拿起锤子，撬开木桶上的铁钉。全家人围在旁边，满心期待能收到什么礼物。爸爸取下木桶盖，拿掉厚厚的牛皮纸。

最上面是衣服！爸爸取出一件深蓝色的法兰绒裙子，制作精美，全是褶皱。还有那鲸须制成的巴斯克紧身衣，整整齐齐地由金属扣子别在前方。

"这是你的尺码,卡罗莱,"爸爸面带笑容,"拿着！"他再次伸手进桶内。

这次，他取出一件毛茸茸的浅蓝网眼毛披巾，以及几件温暖的法兰绒内衣，递给玛丽。还有一双黑色皮革鞋给劳拉。接着是五双白色机织毛袜，比家织的更精美，更稀薄。

爸爸接着取出一件温暖的棕色外套，凯莉今年穿有点大，明年穿就刚刚好。搭配上红色的兜帽和手套，十分可爱。

接下来，是一条丝绸围巾！

"噢，玛丽！"劳拉说，"这真是世界上最美丽的东西啊！一条丝绸围巾！看看它的鸽子色底纹，红绿黑相间的细条，以及那颜色浓郁的流苏，多么漂亮！感觉一下，它多柔软，多厚实，多轻盈！"她将围巾的一角放在玛丽手上。

"噢，真不错！"玛丽说。

"谁要这条围巾？"爸爸问。全部人都说："妈妈！"这么美丽的围巾，当然要给亲爱的妈妈。爸爸将围巾搭在妈妈手上，它可真像妈妈呀！既温柔又坚定，还有一颗丰富的内心。

"我们轮流戴，"妈妈说，"以后，玛丽可以戴着它去上学。"

"爸爸，您的礼物呢？"劳拉投去羡慕的眼光。爸爸收到了两件白衬衫和一顶深棕色的毛绒帽子。

"还有呢。"爸爸取出两件小衣裳。一件由蓝色法兰绒制成，一件带着红绿相间的格子图案。凯莉穿太小，格蕾丝穿太大。但是，小格蕾丝明年就能穿上它们。还有一本印在布料上的字母书，以及一本金光闪闪的小书，名叫《鹅妈妈的故事》，纸张精美无比，封面图文并茂。

除此之外，还有一盒色彩斑斓的纱线、一盒绣花线和金银穿孔的薄纸片。妈妈递给劳拉，"你把亲手制作的美丽织物送给了大家。现在把这些可爱的小东西给你，希望你能做出更美的东西。"

劳拉兴奋得说不出话来。拧干草棒割伤了她的手指，如今粗糙不已。五颜六色的绫罗绸缎如一曲高歌，仿佛抚平了手指的伤疤。劳拉相信，十指一定能恢复往日的弹性，这样自己就能在薄薄的金色和银色纸板上刺绣了。

"这是什么？"爸爸从箱底取出一个又大又重的物品，用层层牛皮纸包裹得严严实实。

"天啊！"他大喊，"这是我们的圣诞火鸡，还冻得硬邦邦的！"

他高高举起火鸡，"还很肥美，如果我没猜错的话，这足足有15磅。"他扔下那沓牛皮纸，从中滚出了几颗蔓越橘。

"还有一包蔓越橘做配料！"爸爸说。

凯莉兴奋地大声尖叫，玛丽双手紧握，"噢，天啊！"不过妈妈却问：

"商店进货了吗，查尔斯？"

"是啊，有白糖、面粉、干果和肉类——你想要什么就能买到什么。"爸爸回答说。

"太棒了！博斯特先生，你后天带夫人过来，"妈妈说，"尽早过来，我们一起庆祝春天的光临，享用迟到的圣诞节晚餐。"

"就这么定了！"爸爸大喊。博斯特先生把头往后一仰，整个房间都充满着他那响亮的笑声。博斯特先生一笑，还有谁能忍住不笑？

"我们来！我们一定来！"博斯特先生哈哈大笑，"饿了整整一个冬天，终于迎来了五月的圣诞节！这一定很美妙！我要赶紧回家告诉艾丽。"

33. 五月的圣诞节

下午，爸爸外出购买杂货。看看他大包小包地进屋，多么美妙！瞧瞧这一袋子的面粉、白糖、干果、苏打饼和奶酪，多么幸福！煤油罐子又满上了，劳拉兴奋地添灯油、剪灯芯、扫烟囱。晚饭时，灯光透过玻璃，映照在红格子台布上，还有香喷喷的白饼干、热腾腾的煮土豆和一大盘炸咸肉。

晚上，有了鲜酵母，妈妈准备制作蓬松柔软的白面包。有了干苹果，妈妈打算浸湿它制作苹果派。

第二天，不用妈妈叫，劳拉早早就醒来。她忙上忙下，帮着妈妈烤面包、炖汤汁、煮土豆，精心准备下一天的圣诞节晚餐。

妈妈也起了个大早，往面团里加水加面，进行发酵。劳拉和凯莉摘下蔓越橘，清洗完交给妈妈。她加入白糖炖煮成红色果冻。

接着，劳拉和凯莉小心翼翼地从长藤上摘下葡萄干，挑出葡萄籽。妈妈在干果酱中加入葡萄籽，准备做成派。

"经历了漫漫严冬，现在什么原料都有了，反而有点不习惯，"妈妈说，"现在我有酒石和小苏打，可以制作蛋糕啦。"

一整天，厨房都是香喷喷的。夜幕降临，餐桌上摆着一个烤得金黄的面包、一块铺满糖霜的蛋糕、三个外皮酥脆的馅饼，以及一盆蔓越橘果冻。

"真想现在就尝尝这美味啊，"玛丽说，"我快等不及了。"

"我最想吃火鸡。"劳拉说，"你可以把鼠尾草放在馅料里面噢，玛丽。"

听起来真让人期待，但玛丽却一语拆穿她："那是因为你没有洋葱可用，才找了其他替代品！"

"女儿们，耐心点，"妈妈说，"我们晚饭可以吃一笼白面包和一些蔓越橘酱。"

圣诞节晚餐提前一晚开始啦。

大好时光用来睡觉可真浪费。然而，睡一觉，明天很快就能到！劳拉眼睛一闭一睁，仿佛刚过了不久，妈妈就喊她起床了。

忙忙碌碌的一天从清晨开始。匆匆吃完早餐，劳拉和凯莉抹桌子洗碗筷。妈妈往火鸡里面塞上馅料，准备烤制。

五月的早晨，温暖宜人，大草原之风吹来了春天的气息。大门敞开，前厅又可以使用了。劳拉随心所欲，在大大的前厅来回晃动，感觉既开阔又舒服，仿佛自己永远也不会再烦恼再生气。

妈妈早就把摇摇椅搬回前厅，给厨房腾出空间。火鸡已经进烤箱，玛丽和劳拉一起将餐桌搬到前厅中部。接过劳拉递来的白色桌布，玛丽先打开桌子的活动翻板，再整整齐齐地铺上桌布。接着，劳拉从柜橱里取出碗碟，玛丽围着餐桌进行摆设。

凯莉在削土豆，而格蕾丝则在厨房和前厅间来来回回，似乎在与自己赛跑。

妈妈端上玻璃碗，放在白桌布中间，里面装有亮闪闪的蔓越橘果冻，煞是好看！

"我们还需要买点黄油，来搭配面包。"妈妈说。

"不要紧，卡罗莱，"爸爸说，"木材厂新进了一批焦油纸，我很快能修好棚屋。不用几天，我们就能搬回地里。"

火鸡的香味充满整个房子，大家垂涎欲滴。锅里的土豆咕噜咕噜沸腾，妈妈刚准备倒咖啡，博斯特夫妇就走了进来。

"最后一里路，我都是闻着火鸡的香味过来的！"博斯特先生说。

"我想的是见见这一家子人，罗伯特，吃东西倒是次要的。"博斯特夫人说。她消瘦了不少，红润的脸色已经消失。还是那对笑眯眯的黑框蓝眼，还是那顶棕色兜帽，还是那头黑色卷发，还是那位和蔼可亲的博斯特夫人！她热情地跟妈妈、玛丽和劳拉握握手，再蹲下身子抱抱凯莉和格蕾丝。

"快把外套脱下来，到前厅歇歇吧，博斯特夫人，"妈妈说，"好长时间没见面了，今天可真开心。你就坐在摇摇椅上休息一会儿，跟玛丽聊聊天吧，我很快就能煮好午饭。"

"我来帮帮你吧！"博斯特夫人说。但妈妈认为她长途跋涉，一定很累，还是休息为好，况且就快能开饭了。

"劳拉会帮忙，很快就能吃上饭。"妈妈转身奔向厨房，匆忙之中撞上了爸爸。

"我们还是躲远一点吧，博斯特。"爸爸说，"过来这边，我给你看看《先锋报》，今天早上刚到的。"

"又有报纸看了，感觉真好！"博斯特先生感慨万分，"那就把厨房完全留给厨娘们。"

"拿出大盘子来放火鸡。"妈妈说完，从烤箱里取出沉重的油盘子。

劳拉转向柜橱，突然看见架子上放了一小袋新东西。

"这是什么，妈妈？"她问。

"我也不知道，打开看看。"劳拉打开包装纸，发现里面是一小团黄油球。

"黄油！是黄油！"她差点喊起来。

她们听见，博斯特夫人的笑声从前厅传过来："这是给你们的圣诞小礼物！"

劳拉端出黄油，爸爸、玛丽和凯莉兴奋地大喊，连格蕾丝也尖叫不停。

她迅速回到厨房，此时妈妈正从油盘子里捧起那只大火鸡，劳拉连忙用大盘子接住。

妈妈煮肉汁，劳拉捣土豆。家里没有牛奶，妈妈说："放一点点开水进去，捣碎土豆后，用大勺子使劲拍打它。"

尽管少了热牛奶和黄油做点缀，土豆泥洁白松软，毫不逊色。

全部人围坐在餐桌周围，妈妈朝爸爸使了使眼色。全部人低头听爸爸说祈祷词。

"主啊，感谢您的恩赐。"爸爸只说一句话，便道出了千言万语。

"前几天，我们的桌子还是空空如也，你瞧瞧现在，多么丰盛啊！"爸爸为博斯特夫人盛上火鸡肉、馅料、土豆泥和一大勺蔓越橘酱后，继续为其他人盛菜，"真是漫漫长冬啊！"

"还是个严冬。"博斯特先生说。

"我们能平安度过，真是个奇迹。"博斯特夫人说。

接着，博斯特夫妇分享了他们的寒冬奋斗史。整个冬天，他们住在小棚屋里，暴风雪肆虐，甚是艰苦，还好坚持了下来。妈妈给大家倒咖啡，给爸爸倒茶，将面包、黄油和肉汁递给爸爸，提醒他给大家加菜。

当大家吃完第二盘食物时，妈妈再给大家斟茶倒咖啡，并让劳拉取出蛋糕和派。

他们吃了很久，谈论着过去的严冬，期待着眼前的夏天。妈妈说，他已经等不及要回地里了，无奈道路依然泥泞湿滑。而爸爸和博斯特先生都认为，它很快就会干。博斯特夫妇很高兴在棚屋过冬，省去了搬家的麻烦。

最后，全部人离开饭桌。劳拉和凯莉拿出红边桌布，盖上食物和空盘子，走到眼光明媚的窗边，加入其他人的谈话。

爸爸举起手臂，双手开合，活动十指，划动头发，拉起发尖。

"天气一暖，我的手指就灵活起来了。"他说，"劳拉，快把我的小提琴拿过来，我试试能不能拉上几曲。"

劳拉拿来小提琴盒子，站在旁边，看着爸爸打开琴盒，取出小提琴。他拉拉琴弦，调试按键，校准音调，再打磨琴弓，就算准备就绪了。

几个响亮的音符轻轻地响起。许久没唱歌，劳拉感觉喉咙一紧，呛得她快说不出话来。

拉完几小节，爸爸说："接下来，我要演奏一曲新歌。这是去年秋天我们一起去伏尔加清理雪堆时我学会的。博斯特，你先跟着小提琴，用男高音轻轻哼，我来唱。过了几遍，你们就能记住歌词了。"

所有人围在一起，爸爸拉起小节，博斯特高音一人，爸爸就开始歌唱：

> 生活是个大难题，
> 茫茫人海数万人。
> 个个长脸像提琴，
> 笑容离去了无痕。
> 世间好事千百件，
> 人人都能喜开颜，
> 为何满满二十人，
> 全部抱怨不如人。
>
> 抱怨有何用？
> 有志者事竟成！
> 管它今天乌云密布，
> 明天照样艳阳如花。
>
> 哀号哭泣有何用？

能否得来心所想？
胆小之人把泪流，
哭泣大喊我不能！
勤勤恳恳走好路，
翻山越岭不却步。
只要心里有大志，
努力奋斗一定成。

所有人合唱——博斯特夫人的中音、妈妈的低音、玛丽的高音、博斯特先生的高音、和爸爸浑厚的低音，无缝对接，浑然一体。劳拉也唱起高音来：

抱怨有何用？
有志者事竟成！
管它今天乌云密布，
明天照样艳阳如花。

暖暖歌声响起，严冬磨难仿佛一团乌云，越飞越高，越飞越远。阳光四射，柔风四起，青草抬头，春天真的到来了！